GOLDMANN

W0292389

Joachim Fernau wurde am 11. September 1909 in Bromberg geboren, ging in Hirschberg (Riesengebirge) zur Schule und studierte nach dem Abitur in Berlin. Hier schrieb er als Journalist für Ullstein, bis er 1939 zur Wehrmacht eingezogen wurde. Seit 1952 lebt er als freier Schriftsteller in München und in der Toscana. Fernau, der temperamentvolle Konservative, hat über zwanzig Bücher geschrieben – die meisten haben über 200000, manche über eine Million Auflage. Es sind vor allem seine Werke zur Geschichte und Zeitgeschichte, die stets heftiges Für und Wider auslösen und für ebenso viel Jubel bei den Lesern wie für Ärgernis bei den Kritikern sorgen.

Außer dem vorliegenden Band sind von Joachim Fernau als Goldmann-Taschenbücher erschienen:

Rosen für Apoll. Die Geschichte der Griechen (3679)
Caesar läßt grüßen. Die Geschichte der Römer (3831)
»Deutschland, Deutschland über alles ...«
Von Anfang bis Ende (3681)
Sprechen wir über Preußen. Die Geschichte der armen Leute (6498)
Disteln für Hagen. Bestandsaufnahme der deutschen Seele (3680)
Die Genies der Deutschen (3828)
Halleluja. Die Geschichte der USA (3849)
Und sie schämeten sich nicht. Ein Zweitausendjahr-Bericht (3867)
»Guten Abend, Herr Fernau«. Ich sprach mit:
Aristides, Friedrich Nietzsche, Xanthippe,
dem Müller von Sanssouci, Andreas Hofer,
Agnes Bernauer, Kaiser Heinrich IV.,
Campanella, Rudolf Steiner (8517)
Wie es euch gefällt. Eine lächelnde Stilkunde (6640)
Ernst & Schabernack. Besinnliches und Aggressives (6722)
Die Gretchenfrage. Variationen über ein Thema von Goethe (6306)
War es schön in Marienbad. Goethes letzte Liebe (6703)
Komm nach Wien, ich zeig' dir was.
Zweitausend Jahre Wiener Mädl (6383)
Mein dummes Herz. Lyrik (6480)

JOACHIM
FERNAU
SAPPHO
Ein griechischer Sommernachtstraum

GOLDMANN VERLAG

Ungekürzte Ausgabe

Der Goldmann Verlag
ist ein Unternehmen der Verlagsgruppe Bertelsmann

Made in Germany · 1. Auflage · 7/88
© 1986 F. A. Herbig Verlagsbuchhandlung, Berlin – München – Wien
Umschlagentwurf: Design Team München
Umschlagfoto: Bildarchiv Preußischer Kulturbesitz, Berlin
Satz: IBV Satz- und Datentechnik GmbH, Berlin
Druck: Elsnerdruck, Berlin
Verlagsnummer: 9088
MV · Herstellung: Sebastian Strohmaier
ISBN 3-442-09088-1

»Warum bin ich vergänglich, o Zeus?« So fragte
die Schönheit.
»Macht' ich doch«, sagte der Gott, »nur das
Vergängliche schön.«
Und die Liebe, die Blumen, der Tau und die
Jugend vernahmen's;
Alle gingen sie weg, weinend, von Jupiters
Thron.

Goethe

»Sappho in Syrakus
im Hause des Geomoros Arion
an ihren Bruder Larichos in Mytilene.

Dein Brief mit der Botschaft des Herrschers hat mich glücklich gemacht. Ich darf also heimkehren. Immer hast Du mir, kleiner zarter Larichos, nur Freude gemacht und immer nur frohe Nachricht gebracht, wenn Du mir hierher in die Verbannung schriebst. Wie schön, daß der Tyrann Dir noch vor mir die Erlaubnis gab, nach Lesbos zurückzukehren. Er ist wohl doch ein besserer Menschenkenner, als wir immer glaubten, und hat Deinen Sinn, der so honigsüß ist wie Dein Gesicht, erkannt.

Der Herrscher hat Dir gesagt, daß er mich wie eine Muse verehrt und darum Dich als ersten zurückholte? Vielleicht ist das wahr. Vielleicht hat er sich aber auch nur erinnert, daß Du erst fünfzehn Jahre alt warst, als wir den Anschlag auf ihn machten.

Doch was rede ich alles zusammen! Ich bin in

so heiterer Stimmung, daß ich heute morgen viele Stunden durch die Stadt schlenderte, um meinen neuen Purpurschal spazieren zu tragen, damit alle Leute sehen sollten, daß Sappho wieder ein junges Mädchen geworden ist.

Schicke mir noch viele solche guten Nachrichten, und ich werde so dick wie eine Lekythoskanne, denn seit heute habe ich einen unstillbaren Appetit. Doch fürchte nicht, mein Larichos, daß Du Deine Schwester nicht wiedererkennen wirst nach so vielen Jahren. Nun ich eben die Worte niederschreibe, merke ich erst, was sie bedeuten. O Zeus, o Hera, o ihr Götter, wie weit muß ich zurückblicken, um mich des Tages zu erinnern, an dem unser Schiff die Segel hochzog und sich vom Wind nach Westen tragen ließ! Zuerst entschwand Mytilene unseren Blicken, dann ganz Lesbos. Ich durfte wegen Kléis nicht weinen, denn kleine Kinder verstehen es nicht; ich sehe sie noch vor mir, sie saß auf einem Kissen an den Mast gelehnt und winkte zum Ufer hinüber. Ich zog das Tuch über meine Augen, und Kerkylas legte den Arm um meine Schulter. Wie lange, wie lange liegt das zurück!

Wie habe ich damals den Tyrannen gehaßt!

Habe ich ihn gehaßt? Ich weiß es nicht mehr. Ich scheine nicht zum Hassen geboren zu sein, sondern zum Lieben. Ich habe es nie fertiggebracht, Schmähverse auf Pittakos zu schreiben wie Alkaios, der den Tyrannen mit Worten überschüttet hat, die geradezu lächerlich waren, denn Pittakos ist nicht weniger adlig als Alkaios oder wir. Sein Vater war ein Fremder, ein Thraker, das stimmt. Aber darf man denn kein Fremder sein? Sein Vater war in seinem Lande angesehen und nicht, wie Alkaios im Kreise seiner Freunde herumschrie, ein Trunkenbold, ein dreckiger Hundesohn. Das ist doch frevlerisch von Alkaios, so gern ich ihn mag und so sehr ich seine Lieder liebe. Darin ist er ein reiner Dichter, aber dort, bei seinen abendlichen Gelagen, ist er abscheulich. Er hat auch die Mutter des Tyrannen beschimpft, und das ist nun ganz und gar unsinnig. Pittakos' Mutter stammte aus einer der vornehmsten Familien von Lesbos. Ich habe sie noch gekannt und hätte sie bei ihrem Aussehen und ihrer Gestalt für eine greise Göttin halten können, wenn ich nicht wüßte, daß Götter nicht altern.

Inzwischen hat ihr Schatten längst Charons Kahn bestiegen.

Ihrem Sohn, Pittakos, werde ich nun bald gegenüberstehen. Ich bin gespannt, was er mir sagen wird. Du wunderst Dich, mein Larichos, daß ich etwas Besonderes erwarte? Vergiß nicht, daß er uns unsere Güter zurückgeben kann, die wir als Verbannte verloren haben. Das höchste Gut hat er mir ja schon wiedergeschenkt, die Heimat.

Ich hoffe, daß ich bald abfahren kann. Der Wind steht so günstig, daß jetzt dauernd Schiffe ostwärts segeln. Deshalb schließe ich heute und schreibe Dir gleich morgen wieder.

Jetzt werden meine Sachen gepackt. Du glaubst nicht, was sich in zehn Jahren ansammelt, obwohl wir mit fast nichts hier angekommen sind. Ich muß noch viele Besuche machen, um mich zu verabschieden und zu bedanken. Ich habe vielen zu danken, die ganze Stadt hat mich aufgenommen wie eine Tochter.

Sappho grüßt Dich,
mein kleiner Larichos.«

»Sappho aus Syrakus
an ihren Bruder Larichos in Mytilene.

Dies ist der Brief, den ich Dir versprochen habe. Ich bin heute sehr früh erwacht, obwohl ich erst spät zum Schlafen kam. Ich hatte noch lange im Garten gesessen. Es war eine schöne, warme Nacht, und der Mond stand am Himmel, beinahe so rund wie über Lesbos, beinahe, denn was ist irgendwo ebenso lieblich wie in unserer Heimat? Ich habe auch ein Gedicht gemacht über den Mond.

Eile doch, Selene,
stehe nicht neugierig über Syrakus,
als hättest du ewig Zeit.
Hier ist er nicht, dein Endymion,
du wartest vergebens.
Auf den du herabblickst, ist nicht er,
sondern ist Sappho.
Sie bittet dich, nach Lesbos zu eilen
und Aphrodites Hain zu melden,
daß sie bald heimkehren wird.
Eile! Eile! Sonst bin ich eher da als du.

Als ich ins Haus zurückging, um es aufzuschreiben, war meine gute alte Telesippa noch wach und nähte trotz ihrer schwachen Augen an einem Stirnbändchen für Kléis. Ich setzte mich in eine Ecke, zündete mir zwei Lampen an und las in alten Briefen. Da fiel mir wieder eine lange Epistel in die Hände, die mir die greise Tempelhüterin Chreia auf meine Bitte hin schrieb.

Ich war damals siebzehn Jahre alt, vielleicht auch erst sechzehn. Chreia konnte aus den Sternen deuten und die Zukunft von Menschen sehen. Viele von den jungen Männern glaubten nicht daran, und Alkaios, wie üblich, lachte und schlug sich dabei auf die Schenkel. Und ich? Ich war sehr jung und lachte auch ein wenig. Aber Chreia gegenüber war ich ehrerbietig, ich machte ihr ein Geschenk und bat sie, mir die Zukunft zu sagen, ohne mich zu schonen. Vor ein paar Jahren habe ich ihre Weissagung hier in Syrakus wieder gelesen, und ich erinnere mich, daß ich damals sehr zerschmettert war. Gestern nacht nun war ich es wieder. Wie mit einem großen Hammer schlug mich Mneme nieder.

Du bist heute ein erwachsener Mann, mein Larichos, und sollst sie kennen.

So schrieb die verlachte Seherin:

›Chreia vom Tempel der Aphrodite

an die edle Sappho.

Herrin, Du hast mir geboten, die Wahrheit zu offenbaren. Die Götter lenken unser Geschick, wie sie wollen. Sie ändern oft ihren Sinn, daher weiß ich nur, was im olympischen Rat bisher beschlossen war. Ich kenne Dich, Herrin, ich ehre Dich und hoffe, daß der Beschluß der Götter noch nicht endgültig ist.

Dein Vater ist lange tot, Du lebst in der Obhut Deiner Mutter und Deines Onkels. So bist Du von einem Kind zu einem der lieblichsten Mädchen der Insel erblüht, eine dunkle Rose mit milden Augen. Ich aber weiß, daß Dein Herz glühen kann wie das Feuer des Hephaistos. Ich spüre deutlich, daß Du zu großem Ruhm ausersehen bist, obwohl ich nicht weiß, wie dies bei einer Frau geschehen kann. Ja, Du wirst sehr glücklich werden, zuvor aber sehr unglücklich. Wenn ich doch wüßte, worin Du so ruhmreich und dabei glücklich sein wirst! Statt dessen weiß ich nur, worin Du so sehr geprüft und gequält werden wirst. Aber noch liegen ein paar fröhliche Jahre vor Dir. Singe nur, Sappho, singe, lache und tanze! Du hast die Kithara spielen gelernt und singst kleine Lieder dazu.

Glückliche Sappho! Du schaust nie auf die Jünglinge und nicht auf die Männer. So sagst Du. Warte, Du wirst einem großen, blonden Mann begegnen, der sehr reich ist und der aus der Fremde kommt, von einer anderen Insel, und Ihr werdet Euch lange anschauen, so daß Du glauben wirst, Dein Herz brenne. Ihr werdet Euch oft sehen, und schließlich wird er Dir sagen, daß er Dich liebt. Du wirst seine Frau werden. Ihr werdet ein Kind haben, ein Mädchen, aber das Ebenbild Deines Mannes.

Es werden bald schwere Zeiten kommen. Die wilden Geister unter Euch werden gegen die Macht aufbegehren und sich ins Unglück stürzen. Auch Dich wird es treffen, und Du wirst für lange Jahre mit Deinem Mann und Deinem Kind fern der Heimat in die Verbannung gehen. Danke den Göttern, daß Dein Mann in der Welt so viele Freunde hat, sie werden Euch in ihr Haus aufnehmen. Im Dunkel einer Nacht wird

Hermes kommen, Deinen Mann von Deiner Seite zu stehlen und ihn Charon zuführen. Du wirst glauben, sterben zu müssen, aber Dein Kind wird sagen: Mutter, singe und spiele mit mir.

Das tue, Sappho, edles Mädchen, denn das Leben geht weiter. Und Deines wird Dir von da an Glück bringen. Du wirst heimkehren und zu großem Ansehen gelangen. Die Götter wissen wohl, weshalb. Ich weiß es nicht. Die Sterne geben es mir nicht preis. Zürne mir nicht, wenn ich Dich bedrückt habe.

Es grüßt Dich, Herrin, Chreia, die Dienerin vom Tempel der Aphrodite.‹

O Larichos, ahnst Du, wie erschüttert ich war, als ich es vor Jahren wieder las? Aus Chreia hatten die Götter gesprochen. Alles wurde ja wahr! Ich heiratete Kerkylas, der von der Insel Andros stammte. Ich, die ich zuvor nie einen Blick auf einen Mann geworfen hatte! Wir bekamen ein Kind, das ich nach meiner Mutter Kléis nannte. Wir wurden durch die Unvernunft des Adelsrates, in dem ja auch unsere Familie saß, heimatlos. Kerkylas ging mit uns zu seinen Freunden nach Sizilien. Alkaios, dieser

Hitzkopf, wanderte nach Ägypten aus, meine Brüder gingen zu den Lydern. Es bewahrheitete sich alles schrecklich. Mein Kerkylas starb, auch das traf ein.

Aber mir bleibt die Rückkehr in die Heimat und als kostbarster Besitz mein Kind. Kléis ist, wenn sie Lesbos wiedersehen wird, dreizehn Jahre alt. Ich will dafür sorgen, daß es ihr scheinen soll, als beträte sie die Gefilde der Seligen.

Sieh, mein Larichos, was ich heute morgen geschrieben habe, damit Du weißt, was für eine Charis, Tochter der Anmut, von dem Schiff steigen wird, wenn Du am Ufer stehst und uns erwartest:

Mein ist das schöne Kind,
goldenblond und von dem
schlanken Wuchs einer Blume.
Kléis heißt sie,
das Kostbarste, was ich besitze.
Alle Schätze Lydiens
und alle Herrlichkeiten Lesbos'
würde ich verschmähen,
müßte ich sie dafür hingeben.

Dies, Larichos, ist nun mein letzter Gruß, ehe wir uns wiedersehen.

Freue Dich!«

»Sappho aus Mytilene
an Lika, die Tochter des Arion, in Syrakus.

Eine dankbare Sappho beeilt sich, Dir und Deinem edlen Vater endlich einen langen Bericht zu geben, nachdem Ihr von dem wendenden Schiffe schon erfahren habt, daß wir glücklich heimgekehrt sind.

O Lika, wie merkwürdig ist doch die Erinnerung! Damals war ich in Syrakus, und Lesbos war die schöne Erinnerung, heute bin ich auf Lesbos, und Syrakus ist die schöne Erinnerung. Die Götter scheinen es gut mit mir zu meinen, sie haben mir ein Herz gegeben, das so groß ist wie ganz Hellas und Lydien und was es sonst noch gibt. Sie haben mir auch die Gabe gegeben, alles Helle und Strahlende, was in meinem Herzen ist, mitzuteilen, und die gnädige Gabe, das Dunkle, das ich im Leben sehen mußte, nur noch schwach zu spüren. Eine Wunde, die Achill töten würde, wäre für mich heute nicht mehr tödlich, denn Apoll hat mir die Pflanze geschenkt, die alles heilt. Das Lied.

Lächelst Du, Lika? Du bist immer so voller Scherze gewesen. Das hat mir oft geholfen. Deshalb darfst du ruhig über mich lächeln. Das Glück im Lied ist so groß wie das Glück in der Liebe. Das eine kennst Du gut, ich weiß, das andere aber nicht. Drum lächle ruhig. Wenn unsere Gesichter einst so faltig sein werden wie das Gebirge Pindos und unsere Augen so scharf wie die Homers, dann habe ich immer noch mein Glück, das Lied.

Darum, kleine Lika, Du Sperling, lerne noch rechtzeitig die Harfe zu spielen oder die Kithara! Das rät Dir das alte Mütterchen Sappho.

Jetzt lachst Du laut, nicht wahr? Ach, Du hast immer ein so schönes Lachen gehabt! Wie es mir fehlt! Wenn Du doch zu mir kommen könntest, damit ich es wieder höre und damit Du fühlst, wie weich noch der Mund dieses alten Mütterchens ist.

Sicherlich willst Du wissen, wie es Kléis

geht. Sie ist allen eine reine Freude, so schön von Wuchs, schön von Antlitz, sanft und bescheiden. Und gerade dies haben die Menschen gern bei jungen Mädchen, die mit Schönheit ausgestattet sind. Ich habe mit ihr schon viele alte Freunde besucht und bin mit ihr auch über das Land gefahren, damit sie Lesbos kennenlernt. Als wir nach Eresos kamen, sagte ich ihr: ›Hier ist deine Mutter geboren, und deine Großmutter auch, die Kléis hieß wie du.‹

Mein liebes Mädchen staunte über alles sehr. Vielleicht will sie mir damit manchmal nur eine Freude machen, denn sie hat einen milden Sinn.

Ich selbst aber, Lika, ich staunte oft auch. Aus Eresos ist eine blühende kleine Stadt geworden, auch die Dörfer und Landgüter sehen ganz verändert aus, Mytilene am meisten, und wenn ich fragte, ob das Leben glücklicher geworden sei, antworteten alle, es sei so. Und stelle Dir vor, Lika, sie dankten Pittakos. Ich war nicht wenig verwirrt und wartete darauf, daß der Tyrann mich zu sich rufen lassen würde. Der Tag kam.

Pittakos hat sich in zehn Jahren kaum verändert. Er ist ein schöner, großer, sehr ehrfurchtgebietender Mann. Ich verstehe nicht mehr, warum ich ihn damals abscheulich fand. Daran war gewiß nur das ewige Schreien von Alkaios und den anderen jungen Adligen schuld.

Ich sagte es Pittakos sogleich. Er hatte mich niedersitzen lassen und bediente mich mit Früchten und Süßigkeiten. Ja, Du liest richtig.

Als ich ihm das Geständnis machte, lächelte er und sagte, er selbst finde sich auch ziemlich abscheulich. Ob er sich den Kinnbart spitz schneiden lassen solle?

Ich antwortete: ›Tyrannen pflegen spitze Bärte zu tragen, um sich von allen zu unterscheiden.‹

Er nickte und sagte: ›Du warst zehn Jahre lang fern von Lesbos, Sappho, damals war ich ein Usurpator, der Feldherr des toten Herrschers Myrsilos. Ich mußte die Empörung der jungen Verschwörer verhindern. Deshalb verbannte ich viele Familien. Es traf auch dich, das tat mir sehr leid. Glaubst du mir das?‹

Ich sah ihm in die Augen, die mir milde schienen, und antwortete ernst: ›Nein.‹

Er nickte: ›Und dennoch ist es so, Sappho. Inzwischen hat mich die Volksversammlung zum Aisymnetèr gewählt, nicht zum König, wonach ich nie gestrebt habe, sondern zum Schiedsrichter in allen Fragen des Volkes. Das ist die Ermächtigung, nicht die Tyrannis. Es herrscht Friede, ich habe die meisten Verschwörer zurückgerufen, denn wenn die Götter einem Mächtigen die Frage stellen, was ihm mehr geziemt, Rache oder Vergebung, so soll ein Krieger antworten: Vergebung. Ich bin ein Krieger gewesen. Ich habe den Krieg um Sigeion gewonnen und den Olympioniken Bias im Zweikampf besiegt. Jetzt möchte ich der Vater des Volkes sein. Daß du, Sappho, heimgekehrt bist, ehrt mich, denn ich sehe in dir, die du inzwischen eine erfahrene Frau und eine Dichterin geworden bist, die zehnte Muse des Olymp. Ich gebe dir allen Besitz zurück. Jetzt gehe und denke über meine Worte nach. Nein, sprich jetzt nicht. Lebe wohl.‹

So war meine Begegnung mit dem Herrscher von Lesbos, meine Lika. Ich werde viel über ihn nachdenken müssen. Sieh, er hat wie Solon von Athen die Schuldknechtschaft der Bauern aufgehoben. Niemand kann mehr durch Verschuldung Sklave werden. Ja, ich werde noch viel nachdenken müssen, und unsere adligen Familien sollten es auch tun. Aber sie werden nicht. Ein Mann wie Alkaios, so schön seine Lieder sind, so feurig und so unbändig wie die von Archilochos, trägt eine Binde vor den Augen. Solche Männer, wenn sie Krieger sind, werden Helden. Was aber nützt die Binde dem Sänger? Oder irre ich mich, Lika? Ach, ich bin kein Philosoph. Ich bin nur eine Nachtigall.

Ich grüße Dich!«

»Alkaios aus Pyrrha
an Larichos, den Sohn des Skamandronymos
in Mytilene.

Der Weg von Ägypten nach Lesbos war weit und die Fahrt beschwerlich, denn es ist Winter geworden, und Poseidon wühlte das Meer furchterregend auf. Nun bin ich in Pyrrha, wohin ich in meiner Jugend schon einmal vor dem Tyrannen Myrsilos fliehen mußte. Myrsilos ist lange tot, aber der neue Tyrann Pittakos hat dessen Haß auf den Adel und dessen Dummheit geerbt. Er hat mir erlaubt, nach Lesbos heimzukehren, doch den Bannkreis von Mytilene darf ich, der Sohn des edelsten Geschlechts von Mytilene, nicht betreten.

Ich schreibe an Dich, Larichos, denn ich höre, daß Du wieder in Gnade bist und auf den Symposien alles hörst und siehst. Duldet dieser dreckige Prolet Pittakos noch die Zusammenkünfte des Adels? Daß er mir Mytilene verbietet, verstehe ich lachend, denn ich werde nie aufhören, sein Gegner zu sein. Wir wollen die Oligarchie und nicht einen Despoten.

Ich weiß nichts von meinem Bruder und von vielen anderen. Aber daß Sappho, das schöne Mädchen, wieder in Mytilene ist, hatte ich schon in Ägypten erfahren. Alle kennen ihre Lieder, man liebt sie sehr. Ich sehe sie immer noch als Mädchen, doch sie ist ja die Mutter eines Kindes. Wie alt ist sie, mehr als dreißig Jahre? Auch Du, Larichos, bist verheiratet, sagt man mir. Die Zeit rast, und Pittakos hat mir elf Jahre meines Lebens gestohlen. Ich bin jetzt über vierzig, und einige Haare über den Ohren werden grau. Ich habe nicht mehr gedichtet, aber ich werde es wieder, denn Sapphos Ruhm soll mir nicht davonlaufen. Auch dem Tyrannen werden noch die Ohren klingen.

Geh zu Sappho und bringe ihr meine Grüße. Lebt sie allein? Das möchte ich wissen. Und Du komme zu mir und besuche mich und erzähle mir von Deiner Schwester. Ich habe hier nur Iranna. Kennst Du sie noch, erinnerst Du Dich? Sie ist auch nicht jünger geworden, auch nicht edler, aber sehr viel reicher. Nun gehe zu Sappho. Du merkst, ich bin ungeduldig.

Leb wohl.«

»Sappho in Mytilene
an den edlen Alkaios in Pyrrha.

Larichos brachte mir Deine Grüße, Alkaios. Du bist also heimgekehrt. Das macht mich froh, denn wir waren schon als Kinder Freunde. Wie viele glückliche Jahre haben wir mit unseren Brüdern zusammen verbracht. Du bist wieder zu Hause. Und doch nicht zu Hause. Das macht mich traurig. Du bist der neue und doch der alte. Auch das macht mich traurig. Nur die Götter bleiben ewig dieselben. Wir Menschen müssen uns vom Leben und von der unerbittlichen Zeit wandeln lassen, weißt Du das immer noch nicht, mein lieber Alkaios, obwohl Du grau zu werden beginnst, wie Du sagst? Warum wird Dein Haar schon hell? Hast Du in Naukratis zu wild gelebt? Denn man sagt, daß es dort am Nil orgiastische Hetären gibt. Woher sollen bei mir graue Haare kommen? Ich bin immer noch dunkelhaarig und dunkelhäutig und nicht größer geworden, als ich war, und ich war nie groß. Warum fragst Du, Alkaios?

Ich bin nur noch die Mutter meiner Tochter und die Sängerin Aphrodites, der Göttin der Liebe, der Güte, des Schönen. Mein Haus ist ein Tempel der Musen, der Töchter des Zeus und der Mnemosyne. Ich bin glücklich. Du bist ein Mann. Wann bist du glücklich? Wenn Du ein Lied schreibst? Oder wenn Du Pittakos gestürzt hast? Denke über meine Frage nach, Alkaios, ich bitte Dich. Ich liebe Dich als Sänger, aber ich fürchte Dich als Mann. Über den einen

Alkaios wird man noch sprechen, wenn die Säulen unserer Tempel schon zerborsten sind. Den anderen Alkaios werden die Kinder meiner Tochter schon nicht mehr kennen.

Fragst Du mich, ob man Pittakos noch kennen wird? Dann frage, ob man Solon noch kennen wird. Viele sagen, er sei weise wie Thales und Solon. Er spricht die Weisheiten in seinen Reden aus, und er schreibt sie nieder, sie sind oft kurz, nur wenige Worte, aber süß wie Honig und bleiben auch wie Honig lange auf der Zunge des Volkes. Das ist nicht das Herz eines Niedriggeborenen, wie Du ihn beständig nennst. Seine Mutter war adliger als Du und ich und alle Deine Gefährten, denn sie war eine Nachkommin des alten Königsgeschlechtes der Penthiliden, die von Orestes abstammen. Du weißt das alles, warum läuft die Galle Deinem Wissen davon? Wie kannst Du so der Sklave Deiner Unbändigkeit sein? Gerade am Tage, bevor Larichos mit Deinen Grüßen zu mir kam, haben wir zu Ehren Heras in ihrem Hain gesungen und getanzt. Ich habe mich selbst zur Harfe begleitet, die im Freien schöner tönt als die Kithara. Pittakos hatte das ganze

Volk Mytilenes aufgerufen, und alle waren gekommen. Der Herrscher bittet mich oft um Verse, und ich erfülle ihm den Wunsch, wenn ich fröhlich bin. Oh, ich sehe jetzt Dein wütendes Gesicht und höre Dich tadeln: ›Sappho macht Lieder, wie man Sandalen beim Schuster bestellt.‹ Ja, Du Dummkopf, das tue ich. Das sind Sandalen, die jeder braucht.

Du findest die Stiefel des Krieges wichtiger? Auch schöner? Sappho antwortet Dir in einem Priamel, wie wir es gelernt haben.

Eine Reiterschar,
ist sie das Schönste
auf dieser dämmrigen Erde?
Oder ist es die Phalanx
der Krieger
mit blitzenden Waffen?
Oder die Flotte von Schiffen
mit weißen Segeln?
Ich sage dir, was das Schönste ist:
das, was man liebt.«

»Sappho in Mytilene
an Lika, die Tochter des Arion,
in Syrakus.

Der Wind ist nicht günstig, und wer weiß, wann diese Epistel bei Dir ankommt. Aber ich muß Dir schreiben, weil mir so froh zumute ist. Stelle Dir vor, es schneit heute! Was den Göttern einfällt, das Land mit einem weißen Schleier zu bedecken! Wir kannten auf Lesbos doch nur den Blütenschnee, der von den Ölbäumen rieselt und die Wiesen bedeckt. Ich denke nach, was die Götter damit sagen wollen. Ich glaube, es ist nur ein Scherz von Pan.

Die Feuerchen brennen im Hause. Kléis und ihre Freundinnen sitzen bei mir, und ich lehre sie die kleinen schönen Künste der Mädchen, das Haarstecken, die Gebinde, das Kitharaspiel. Wenn es dunkel wird und wir gegessen haben, legen die Mägde noch etwas Holz auf die Glut, schieben die Riegel vor die Türen, und alle setzen sich zu Kléis, ganz ohne Unterschied, und ich zitiere meinem Liebling aus den Gesängen Homers. Als ich gestern zu der Stelle kam, wo er sagt, den Frauen aus Lesbos kämen keine anderen an Schönheit gleich, da lachte meine alte Telesippa so, daß ihr Mund wie der Eingang zum Hades aussah. Kléis sprang auf und streichelte ihr die faltige Wange. Das macht mich froher, als wenn ich das schönste Lied erdacht hätte.

Ich merke, meine Lika, daß ich nie glücklicher bin, als wenn junge Mädchen um mich sind. Ich meine nicht die schnatternden Gänschen. Aber wie schön muß es sein, Mädchen wie Deine Eukineia oder meine Kléis an sich zu ziehen und um sich zu haben. Ich denke oft ernsthaft daran. Solche Gedanken sind so wärmend, wenn es Winter ist. Das Haus ist dann wie ein Nest. Wie viele Junge haben Nachtigallen im Nest? Ich glaube, viele. Wenn Spatzen mehr haben sollten, würde ich wünschen, ein Spatz zu sein.

Nun muß ich Dir berichten, daß ich mit Kléis bei Pittakos war. Er wollte meine Tochter kennenlernen und hatte auch noch Frauen aus der Familie seiner Mutter geladen. Sie sprachen sehr freundlich mit mir und baten Pittakos, meine älteren Brüder heimkehren zu lassen. Er sagte, er wisse nicht, wo sie seien. Er sagte auch, Sappho und Larichos seien hier, das genüge ihm. Seine alte Tante, die herrlich aussah, schimpfte mit ihm und nannte ihn zynisch. Er schüttelte den Kopf, wandte sich mir zu und sagte, er wünsche, daß alles, was ich gedichtet habe, ihm gebracht werde. Er möchte es der Papyrusbibliothek nach Ägypten schicken, damit dort alles aufbewahrt werde.

Ich glaube, ich bin errötet wie ein junges Mädchen, denn seine Tante lachte und küßte mich. Ich erinnerte ihn, daß es auch noch Alkaios gebe, und zitierte ihm das letzte Lied, das er mir aus Pyrrha geschickt hatte.

Ehern leuchtet mein Haus.
Für Ares ist es geschmückt
mit blendenden Helmen,
mit wehenden weißen Roßschweifen,
Männerhäupter sollen sie zieren,
dazu Schwerter aus Chalkidien
und Panzer und Gürtel.
Das wollen wir uns merken,
wenn wir eines Tages
antreten zu unserem Werk.

Pittakos hörte aufmerksam zu. Aber als ich geendet hatte, winkte er mit der Hand ab und sagte, er hoffe, Alkaios nicht noch einmal verbannen zu müssen.

Das war das einzige, was mich in diesen stillen Tagen betrübte. Alkaios singt, Sappho singt. Alkaios haßt, Sappho liebt.

Lebe wohl, Lika. Ich wünschte, ich könnte Dich wiedersehen, ich kann mich nicht so leicht von Dir lösen. Sinne nach, Lika, sinne nach!«

»Lika aus Syrakus
an Sappho in Mytilene.

Wie groß war meine Freude über Deinen Brief! Vor allem bin ich glücklich, daß es Dir genauso geht wie mir, auch ich vermisse Dich schmerzlich, wenn ich des Morgens in die Räume trete, die Du bewohnt hast.

Du schreibst, daß Du am liebsten viele Kléis und Eukineias um Dich hättest, um ihre Wärme zu spüren, ihre Jugend zu sehen und um sie für das Schöne und Gute zu erziehen. Ach, Du hast recht, Du könntest ihnen den Hauch der Chariten in das Herz hineinatmen. Wie glücklich müßte ein junges Mädchen sein, das nicht nur die Mutter, sondern auch noch Dich hätte.

Als ich Deine Worte las, meine geliebte Sappho, beschloß ich, der Göttin Moira heimlich in die Spindel zu greifen und unsere Fäden glücklicher zu ordnen. Wenn sie es nachher merkt, wird sie den Liebenden sicher verzeihen. O Sappho, ich habe wirklich das Gefühl, es getan zu haben, denn höre, mein Vater und ich werden im nächsten Sommer Dich besuchen, und Eukineia soll mitreisen.

Wie schön wäre es, wenn Du einen Thiasos um Dich sammeln würdest, einen Kreis, weißt Du, wie man ihn schon von Jünglingen bei einem berühmten Helden oder hervorragenden Weisen kennt. Wenn Du das wolltest, so soll Eukineia die erste sein, die eine Mutter Dir anvertraut. Niemand ist würdiger als Du, edle Mädchen an die Hand zu nehmen und ihnen das Geheimnis des Lebens zu erklären.

Der Gedanke macht mich ganz glücklich,

und wenn ich zehn Töchter hätte, würde ich sie Dir alle geben. Aber fürchte Dich nicht, ich habe nur eine. O Sappho, wenn ich mit meinen Wünschen zu schnell vorwärtsstürme, sorge Dich nicht. Dann fährt Eukineia wieder mit uns zurück. Dürfen wir einige Zeit bei Dir bleiben?

Ich bin ganz verwirrt, merkst Du das? O Götter, was schreibe ich bloß alles!

Aphrodite beschütze Dich!«

»Sappho in Mytilene
an Pittakos, den Aisymnetèr.

Man wird Dir berichtet haben, daß in letzter Zeit Fremde von weither zu mir gekommen sind. Du hättest als Hüter über Lesbos vielleicht Grund, Dich zu wundern. Ich erkläre es Dir also.

Aus dem fernen Syrakus sind dieser Tage bei mir meine Freundin Lika mit ihrer jungen Tochter Eukineia und Likas Vater Arion, der als

Geomoros zu den Regierenden von Syrakus gehört und mich in meiner Verbannung aufgenommen hat. Wenn Du befiehlst, wird Arion Dich besuchen. Auch aus Milet ist ein sehr ehrenvoller Mann vor einigen Tagen zu mir gekommen, begleitet von seiner Tochter Anaktoria. Der Grund war bei beiden Besuchen, mir ihre Töchter zu bringen. Dies können Deine Beobachter Dir nicht berichtet haben. Du sollst es jedoch wissen, es gebührt Dir.

Die beiden jungen Mädchen, zusammen mit meiner Kléis, sollen den Anfang machen zu einem Kreis, den ich um mich bilden möchte. Du wirst fragen, was das bedeutet. Es soll mein Leben ganz ausfüllen. Sei unbesorgt, die Sängerin Sappho wird darüber nicht verstummen.

Ich möchte diese jungen Mädchen zu edlen Frauen erziehen. Wir Mütter sehen mit Neid auf die Knaben, die in Gemeinschaften von edlen Männern erzogen und vorbereitet werden auf das, was ihnen gemäß ist, nämlich auf den Wettstreit in männlichen Tugenden, aber auch im Wissen! Ich habe immer an den spartanischen Agon denken müssen, bei dem nicht nur für Athleten, sondern auch für Dichter und

Sänger wie Alkman Platz war. Warum sollen die Töchter aus vornehmen Familien nicht auch in einem solchen Kreis zum Edlen und Schönen erzogen werden von jemand, der die Kraft dazu hat? Ich glaube diese Kraft zu haben. Glaubst Du nicht auch?

Diese Gedanken sind neu, sie sind allein meinem Kopf und meinem Herzen entsprungen. Oder schreckt Dich das Neue? Ich möchte Dich nämlich bitten, Deine Hand schützend über unseren Thiasos zu halten, falls wir sie brauchen.

Wie wachsen sonst Töchter auf? Was wissen sie? Wie treten sie in die Ehe? Was bringen sie mit? Ich weiß nicht, wer oft mehr zu bedauern ist, das unwissende Mädchen oder der enttäuschte Mann.

Du wirst sehen, wie viele edle Familien mir ihre Töchter schicken werden zu Ehren Aphrodites und zu Ehren der Musen.

Habe ich recht getan, daß ich Dir schrieb?

Die Götter beschützen Dich, Aisymnetèr.«

»Arion aus Syrakus
an die edle Sappho in Mytilene.

Die Götter haben Lika und mich wieder glücklich heimgeführt. Lika wird Dir gewiß einen langen Bericht schreiben, dieser hier soll nur kurz als schnelle Reiterei vorausgaloppieren und Dir danken.

Unser Schiff ging, wie Du weißt, nach Athen und lief vorher keinen Hafen an. Ich sah Athen nicht zum ersten Mal, aber nachdem ich jetzt Mytilene gesehen habe, kenne ich nun schon zwei Städte, die schöner sind. Deine und meine. Wo sind in Athen Eure großen Gärten, wo die Rebenhügel, wo die vielen schwatzenden Quellen, in denen die Najaden baden? Im Hafen von Piräus werden sie es nicht wollen, er stinkt nach Harz. Der Akropolishügel ist immer noch so kahl und die Burg immer noch so düster wie zur Zeit ihres berühmten Kekrops, der bestimmt wie Polyphem aussah. Die Stadt liegt der Burg zu Füßen wie ein knurrender Hund vor dem Herrn.

Solon ist ihr Herr. Euer Pittakos hat viel Ähnlichkeit mit ihm. Ich muß Dir noch danken, daß Pittakos mich zu sich bat. Er ist nicht nur klug, er ist auch listig wie Odysseus.

In Piräus bestiegen wir ein spartanisches Schiff, das nach Korinth ging. Es hatte Früchte geladen, aber die spartanischen Seeleute benahmen sich, als ginge es in den Krieg. Beim Hochziehen des kleinsten Segels schrien sie wie vor dem Angriff auf die Akropolis. Auf dem Wasser sind die Spartaner wie Katzen, die gebadet werden sollen.

Jedoch, wir erreichten, ohne schwimmen zu müssen, das fröhliche Korinth. Ich glaube, wenn sich die Männer Athens erholen wollen, fahren sie für einige Tage dorthin.

Dann brachte uns ein schneller Segler aus Aigina nach Hause. Ich danke den Göttern, daß es kein spartanisches Schiff war, denn wir kamen in einen wilden Sturm. Die Aigineten sind die Lieblinge Tritons. Poseidon wütete, aber sein Sohn glättete dem Zornigen immer wieder die Falten der Stirn. Die Aigineten drehten den gewaltigen Wellen nie den Bug, sondern immer die ungeschützte Breite entgegen, was furchterregend aussah. Aber gerade das rettete uns. Ich war froh, daß Eukineia sicher in Deinem Haus war, das nur schwankt, wenn man wie ich am letzten Abend bei Dir vier Schalen Samos getrunken hat.

Küsse Eukineia von mir. Lebe wohl.«

»Iranna aus Pyrrha
an Sappho in Mytilene.

Alles, was Du tust und sagst, scheint Flügel zu haben. Man spricht davon, daß Du begonnen hast, junge Mädchen in Deinem Haus aufzunehmen, um sie zu belehren. Meine Tochter ist fünfzehn Jahre alt. Ich hoffe, sie wird bald heiraten. Sie weiß, wie man sich kleidet, wie man ißt und wie man höflich spricht, aber sie könnte von Dir vielleicht noch etwas lernen. Du bist ja aus adliger Familie, sie nicht, aber mit ihr soll sie beginnen. Das mache ich schon.

Nimmst Du Geld? Fordere, was Du willst. Ich bin reich, reich genug, um mir eine Muse kaufen zu können. Antworte bald.«

»Sappho in Mytilene
an Alkaios in Pyrrha.

Der Brief, den ich Dir beilege, kam von Deiner Gastgeberin. Armer Alkaios! Ist sie wenigstens schön? Ich mag nicht an sie schreiben. Gib ihr diese Verse als Antwort:

An Iranna

Vermessene, alles, was du bist,
sinkt mit dir ins Grab.
Wer wird nach dir fragen,
wer sich erinnern,
wer sich nach dir sehnen?
Die pierischen Rosen
haben nie für dich geblüht.
Als Nichts gehst du einmal
zu den Schatten in den Hades hinab,
ohne Wesen, ein Nichts.

Gib ihr diese Antwort, Alkaios, dann flüchte in den Garten.«

»Alkaios in Pyrrha
an Sappho in Mytilene.

Es ist Zeit vergangen, seit Du mir die Zeilen an Iranna schicktest. Wäre Iranna gut mit Apollon bekannt, würde sie ihn gewiß darum bitten, Dir einen seiner schwarzen Pfeile in den Teil Deines Körpers zu schießen, der nur noch von Aphrodite selbst übertroffen wird.

Nun aber umwölkt sich auch meine Stirn. Was höre ich? Du versammelst junge Mädchen um Dich? Langweilst Du Dich? Liegen Dir nicht wie einst der Helena viele Paris zu Füßen? Oder sind eben sie es, die Dich langweilen? Veilchengelockte, reine, sanft lächelnde Sappho, jage sie fort! Soll ich, wie Odysseus, die Freier vertreiben? Soll ich Pittakos, diesen elenden Tyrannen, um die Erlaubnis bitten, wenigstens für einen Tag nach Mytilene kommen zu dürfen? Ich möchte Dich wiedersehen.

Hier im Garten stehen viele Rosen. Mich zieht es immer zu einer hin, einer samtenen, dunklen, honigduftenden. Und wenn ich vorübergehe, streiche ich schnell mit der Hand über ihre Blütenblätter, heimlich, damit es niemand sieht, denn ich bin ja der Krieger Alkaios.

Doch ich komme nicht mit Schwert und Schild zu Dir, sondern mit der Lyra, und wenn Du mich anschauen wirst, werde ich die Augen senken. Weißt Du, was Homer sagt, wenn ein Mann vor einer Frau, die so rein ist wie Du, die Lider senkt? Er sagt, daß seine Gedanken nicht rein seien. Und das ist wahr, Sappho. Du sollst es wissen.

Ich habe erfahren, daß mein Bruder jetzt in Sardes ist. Wir haben in Lydien noch Güter, die unsere Mutter besaß. Ich bin nicht arm, auch wenn der pöbelige Pittakos mir nur so viel zurückgegeben hat, wie man einem Bettler gibt. Ich möchte nach Lydien reisen und würde schon morgen aufbrechen, wenn Du mir sagen wolltest, daß auch Du kommst. Oder verurteilst Du mich dazu, weiter durch den Garten zu gehen, um die dunkle Rose nur im Vorübergehen zu streicheln?

Es beginnt, Abend zu werden. Du wirst bei Deinen Mädchen sitzen und in die Sterne schauen, zwischen denen gerade das dickbakkige Gesicht Selenes aufsteigt. Ich aber lege jetzt wieder die Rüstung um mein Herz, gehe zum Symposion und werde mich, Spottlieder singend, betrinken.

Dann wird Iranna zwei Sklaven schicken, die mich Schnarchenden nach Hause tragen. Das schreibe ich Dir, denn Du sollst nicht weich werden.

Leb wohl.«

»Sappho in Mytilene
an Alkaios in Pyrrha.

Glaubst Du, Du hättest mir etwas Neues gesagt? Ich habe doch Augen im Kopf! Schon früher, als ich noch ein Mädchen war, hast Du den Blick immer senken müssen. Es hat mich in meiner Brust gefreut, denn wir auf Lesbos kennen nicht so viele Fesseln der Gefühle wie Athen. So heißt es jedenfalls.

Ich muß Dich daran erinnern, daß ich das dreißigste Jahr längst überschritten habe. Aus meinem Schoß ist ein Kind gekommen, das selbst bald wieder von Hera gesegnet sein wird. Ich war nie schön und bin nicht von dem hohen Wuchs, der Dir gebührt. Mein Haar ist kein goldener Kranz, sondern dunkel wie das Meer in der Dämmerung.

Kennst Du die Verse von Alkman aus Sardes und von Mimnermos, die klagen, daß Aphrodite ihnen das Begehren genommen und Eros verboten habe, sie zu besuchen? Warum klagen sie? Früher hat das Begehren sie geplagt, jetzt nicht mehr. Nur die Erinnerung ist geblieben, und sie ist doch schön?

Sieh, Alkaios, auch ich werde nicht geplagt. Nicht, weil ich alt bin, denn das bin ich ja noch nicht. Nur, Eros besucht mich nicht mehr. Du wirst sagen, daß ich mich irre, denn Du kennst mich und weißt, daß ich immer Glut in meiner Brust trug. Nun gut, Alkaios, dann irre ich mich vielleicht für die Zukunft, aber nicht für heute und morgen.

Aphrodite ist mir die Göttin des Lebens und der Freude am Leben. Sie erweckt die Sehnsucht nach Schönheit, Heiterkeit, Fröhlichkeit, sie erweckt auch die Sehnsucht nach Liebe, nach Lieben und Geliebtwerden, aber,

Alkaios, das ist nicht die Sehnsucht nach der Umarmung. Die Umarmung ist das viel weniger Edle. Was drängt denn zur Umarmung? Der Körper, nicht die Seele. Wenn nun der Körper des Alkman und des Mimnermos nicht mehr drängt, worüber beklagen sie sich? Lieben, mit der Seele umfassen können sie doch! Sie können doch immer noch den Arm um eine Frau legen und sie mit Liebe umfangen. Wenn sie sagen, sie vermissen etwas, so sind sie wie ein Mann, der sich beklagt, daß er keinen Durst spürt. Was vermißt er? Den Durst? Wie töricht, Alkaios.

Sieh, ich habe keinen Durst. Aber Liebe habe ich sehr viel.

Dies schreibe ich Dir, was ich noch niemand gesagt habe. Du meinst vielleicht, daß ich noch einmal das Durstgefühl spüren werde. Ich werde mich nicht wehren.

Ich grüße Dich. Bleibe edel und gut.«

»Anaktoria im Hause der Sappho
in Mytilene
an ihren Vater Iphthimos in Milet.

Ich muß Dir wieder sagen, daß ich Dich liebe, und auch, daß ich das Andenken an meine liebe tote Mutter immer bewahre. Du mußt das wissen, lieber Vater, damit Du mir verzeihst, wenn ich Dir wieder einmal gestehe, daß ich bei Sappho sehr glücklich bin.

Ich habe Dir schon geschrieben, daß jetzt auch ein Mädchen aus Smyrna, Didoma, zu uns gekommen ist. Sie ist wie alle Smyrnaier klug, aber auch wie alle Smyrnaier leicht wütend. Gestern kam ein vornehmer Besuch zu Sappho, ein Mann aus Chios mit seinem erwachsenen Sohn, der Polos heißt. Beide kamen nur, um Sappho zu sehen. Stelle Dir das vor! So bewundert ist sie. Der Mann kannte jedes Wort, das Sappho gedichtet hat, und nannte sie in einem Atem mit dem blinden Sänger Homer aus Chios.

Jetzt ahnst Du wohl, was geschah! Didoma schlug die Augen so groß auf wie eine Eule bei Nacht und sagte ehrerbietig, aber streng: ›Homer ist in Smyrna geboren.‹

Der Vater schüttelte den Kopf, und der Sohn lächelte.

›Der äolische Dialekt von Homer beweist es‹, sagte Didoma.

›Auch auf Chios spricht man äolisch‹, sagte der Vater, und Sappho, unsere Herrin, singt ebenfalls äolisch.

Der Sohn sagte noch: ›Wir wissen gar nicht, ob Homer äolisch gesprochen hat, denn seine Gesänge sind erst später aufgeschrieben worden, vielleicht dann erst äolisch.‹

Didoma war ganz rot im Gesicht, blieb aber immer sehr gut erzogen. Sie sagte: ›Warum dann äolisch aufgeschrieben, wenn Homer anders gesungen hat? Ich‹, sagte sie, ›war mit meinem Vater auch schon in Chios. Ich möchte Dich nicht erzürnen, edler Gast, aber mir schien Chios nur ein großer Haufen von Steinen zu sein. Smyrna ist eine Perle.‹

Der Sohn, Polos, lachte laut und sagte: ›Wozu brauchte Homer eine Perle? Sicher saß er auf einem Stein und nicht auf einer Perle.‹

›Verzeihe mir, Sappho‹, rief Didoma und lief weinend davon.

Auch der Vater bat um Verzeihung für seinen

Sohn, der aber nicht zerschmettert war, sondern weiter lachte. Ich bin dann zu Didoma hinausgegangen und habe sie getröstet und gelogen: ›Du weißt doch, Didoma, daß die Griechen von den Inseln alle überheblich sind; Homer lebte in Smyrna.‹

Ach, lieber Vater, wir sind so fröhlich! Ich hoffe, daß Du Dich freust, wenn ich das sage.

Alle Götter beschützen Dich!«

»Sappho in Mytilene
an Charaxos im Hafen von Naukratis
in Ägypten.

Sappho hatte einst drei Brüder. Larichos ist in Ehren nach Mytilene zurückgekehrt. Erigyios ist wohl nicht mehr am Leben. Das glaubte ich auch von Dir, Charaxos.

Nun, nach so vielen Jahren, schreibst Du mir. Weißt Du nicht mehr, wie man von Ägypten nach Lesbos reist? Du hättest nicht länger gebraucht als Deine Nachricht. Daß Pittakos alle

Verbannten begnadigt hat, weiß man inzwischen auch bei den schwarzen Völkern. Du lebst und bist für uns doch verloren wie Erigyios.

Du hoffst, daß es mir gut geht. Auch Larichos bedenkst Du mit einem Gruß. Larichos dankt Dir, und ich danke Dir auch. Dann schreibst Du wenige Worte über Dich. Du bist zur See gefahren und willst jetzt für immer in Naukratis leben. Ich antworte Dir also, wie Du es angegeben hast, in den Hafen. Die Schiffer hier sagen, daß in Naukratis viele Griechen leben, sie wohnen in der Stadt, nicht am Hafen. Man erzählte mir, daß es unwürdig sei, am Hafen zu wohnen. Du also wohnst dort.

Wenn ich Dich recht verstanden habe, beherbergt Dich ein käufliches Weib namens Doricha, die Du auch Röschen nennst. Dieses Wort ist, als ob Du mich mit einem schmutzigen Finger berührst. Sprich so zu Deinen Trinkfreunden, nicht zu Sappho.

Und nun zu Deiner Bitte. Die Götter müssen Dich mit Wahnsinn geschlagen haben, daß Du dieses Weib heiraten willst. Du schreibst, daß sie nicht einmal eine Freie ist, sondern eine

Sklavin, und daß Du sie loskaufen willst! O ihr Götter!

Wenn Erigyios auch in Wahnsinn gefallen sein sollte, so wissen wir es wenigstens nicht. Ich sage ihm Dank. Erinnerst Du Dich, Charaxos, wie Ihr zusammensaßet und Pittakos stürzen wolltet, damit Lesbos frei würde, wie Ihr es nanntet? So wie Du sehen also Befreier aus?

Ich schäme mich, zwischen Euch gesessen zu haben.

Ich habe lange überlegt, ob ich Dir das Geld, um das Du mich bittest, schicken soll. Du nennst es Liebe, was Du für Doricha fühlst. Du weißt gar nicht, was Liebe ist. Was kann das Weib aus der Hafenschenke Dir bieten, außer ihrem Leib? Du bist wie ein Mann, der nichts von den frischen Quellen weiß, die am Wege liegen, sondern sich einen Kürbis voll Wasser kauft, um sicher zu sein, daß er immer einen Schluck nehmen kann. Ach, Charaxos! Nymphen leben in Quellen, nicht in Kürbissen.

Die Summe, die Dein Sklavenhalter verlangt, ist für mich heute sehr hoch. Ich schicke Dir mit diesem Schreiben die Hälfte. Damit kannst du Dir auch bei Doricha zunächst die eine Hälfte von ihr sichern.

Mit dem Rest mußt Du warten, bis die Olivenernte eingebracht ist. Ich werde aber nicht vergessen, ihn Dir zu schicken. Es ist nicht nötig, daß Du mich mahnst.

Lebe wohl, Charaxos.«

»Eukineia aus Mytilene
an ihre Mutter Lika in Syrakus.

Wie die Jahre fliegen, liebe Mutter! Wann bin ich zu Sappho gekommen? Gestern? Ach, es sind nun schon zwei Jahre vergangen. Es muß wohl so viel Zeit vergangen sein, denn ich habe Dir schon achtmal geschrieben. Meine geliebte Sappho sagt, daß für Dich eine Stunde so lang ist wie für mich ein Jahr. Sie sagt, das ist so, wenn sich eine Mutter nach ihrem Kinde sehnt. Aber ich sehne mich ja auch nach Dir, Du schöne, liebe Mutter!

Die Apfelbäume blühen, der Frühling ist da.

Wir haben das herrlichste Hera-Fest gefeiert, das Du Dir denken kannst. Wir sind jetzt sechs Mädchen. Die Schönste ist Arignota, ein Mädchen aus Lydien, die den Wettkampf um die Schönheit nun schon zweimal gewonnen hat. Sie ist groß, schlank wie ein Knabe und blond. Wenn die Männer sie anschauen, bekommen sie so viele Augen wie Argos. Als der Wettlauf an die Reihe kam, sagte ein Mann aus Athen, der Gast von Pittakos war: ›Ach, wenn sie doch mein wäre, sicher ist sie ein Hermaphroditos!‹ Sappho lachte und nannte sie von nun an Kirke, von der Homer erzählt, daß sie die Begleiter des Odysseus zu Schweinen machte. Oh, wie schön kann Sappho lachen!

Die Klügste ist Didoma aus Smyrna. Aber sie weiß es nicht, und Sappho sagt es ihr niemals.

Die Leidenschaftlichste ist Atthis. Sie ist mit Sappho verwandt und immer in ihrer Nähe. Sie flüstert gern mit ihr und hat eine süße Stimme.

Die Eleganteste ist sie auch. Beim Hera-Fest trug sie ein mit Edelsteinen besetztes Jäckchen, wie es die reichen Kreterinnen im Hause tragen. Sie hätte so gern die Kallisteia gewonnen. Sappho hat sie besungen:

So tanzten, leichtfüßig, schwebend
im Takt,
einst die kretischen Mädchen
auf der blühenden Wiese
um Aphrodites Altar.

Aber für Kléis wünscht sie weder Reichtum noch Schmuck. Eines Abends, als wir alle um sie geschart saßen, sprachen wir darüber, wie man sich für Hera schmückt, für Aphrodite, für Apollon und gar für Zeus. Und plötzlich bat Kléis, die doch sonst so bescheiden ist, ihre Mutter, sie möge ihr doch eine dieser prächtigen Hauben aus Sardes schenken. Wir waren ganz überrascht.

Sappho zog ihre dunklen Augenbrauen hoch, aber statt einer Antwort ging sie zur Harfe und sang, ohne nachdenken zu müssen, ein Lied. Ich habe es mir gemerkt. Aber Sappho sang ja äolischen Dialekt, und ich muß es Dir ins Korinthische übertragen, das wir in Syrakus sprechen. Es fehlt auch der schöne sapphische Rhythmus. Man muß alle ihre Lieder in ihrer Sprache hören. Was Du hier liest, ist nur wie ein Spiegelbild im trüben Wasser.

Wenn ich Wünsche hatte wie du,
dann antwortete meine Mutter:
Ein junges Mädchen soll ihr Haar
mit purpurnen Bändern durchflechten.
Das kleidet sie gut und ist schön.
Blühende Blumen hingegen
wollen leuchtendes blondes Haar,
wie du, Sappho, es nicht hast.
Das sagte meine Mutter.
Doch, Kléis, was du dir wünschst,
eine glitzernde Haube aus Sardes,
wie die Lyder sie tragen,
ich habe sie nicht und weiß nicht,
woher ich sie nehme. Verstehe,
der Herrscher von Mytilene,
den alle sich wünschten,
hat unser beider Leben verändert.
Magst du ihn fragen, ob nicht vielleicht
er sie dir schenkt?

Alle Mädchen sprangen auf und küßten Kléis. Ich sprang auch auf, aber ich umarmte Sappho. Ich glaube, ich werde nie einen Mann lieben, wie ich sie liebe. Ich habe es ihr einmal gesagt.

Sie lachte. ›Eukineia‹, sagte sie, ›wenn du einst vor einem Mann stehen wirst – warte, ich werde es dir singen‹, fuhr sie fort und sang lächelnd:

Du möchtest sprechen,
doch die Zunge versagt,
sie ist schwer,
ist gelähmt.
Die Ohren sind taub,
und sie brausen.
Kälte schüttelt dich,
dann wieder Hitze.
Du bebst und weißt nicht, warum.
Du denkst nicht an Liebe, an nichts.
Es wird Dir dunkel vor Augen.

›Ich weiß‹, rief ich, ›ich weiß! Genau so ergeht es mir doch, Sappho! Also liebe ich dich. Natürlich liebe ich dich, erlaube mir doch, es zu sagen.‹

Sappho lächelte. ›Du täuschst dich, Eukineia, du täuschst dich gleich zweimal. Zum einen sind die Gedanken nicht von mir. Sie sind schon viele, viele Jahre alt und stammen von

Homer. Zum anderen, Eukineia, beschreibt Homer damit gar nicht, wie eine Frau vom Blitz der Liebe getroffen wird, wie du glaubst, sondern vom Blitz des Schmerzes. Homer beschreibt Andromache bei der Nachricht von Hektors Tod. Denke darüber nach, Eukineia, wie schrecklich es die Götter eingerichtet haben, daß beides sich so sehr ähnelt. Vielleicht haben Aphrodite und Apoll sich nicht einigen können.‹

Dieses sagte Sappho zu mir. Und als sie so zu mir sprach, den Arm um meine Schulter gelegt, bebte ich, wie ich es kenne.

Glaubst Du nicht, liebe Mutter, daß es die Götter freut?

Ich habe Dir gesagt, wer die Schönste, wer die Schnellste, die Klügste ist. Die Glücklichste aber ist Deine Tochter Eukineia.

Die Götter beschützen Dich!«

»Phrontina, die Hüterin des Tempels
der Aphrodite in Mytilene,
an die edle Sappho.

Vor vielen Jahren hat die greise Chreia für Dich, Herrin, einen Blick in die Zukunft getan. Chreia war ein Liebling der Götter und konnte sehen, was anderen Sterblichen verborgen war. Ich aber, Herrin, bin nicht wert, daß Du mir ebenso vertraust, denn ich bin viel weniger ausgezeichnet als Chreia. Doch wenn Du befiehlst, daß ich in die Zukunft Deiner lieblichen Tochter Kléis sehen soll, dann will ich es tun.

Mehrere Tage schon versenke ich mich in das Schicksal Deines Kindes. Immer wieder überdenke ich, was mir offenbar wurde, immer wieder prüfe ich, ob ich denn überhaupt die Gabe der Weissagung habe, weil mich das, was ich Dir nun mitteilen muß, ganz und gar unsicher macht. In mancher Nacht habe ich gedacht, daß meine große Verehrung für Dich, Herrin, und meine zärtliche Liebe für die junge Kléis meine Sinne umnebelt haben. Jedoch, immer sah ich für Dein Kind das Gleiche.

Ich will es Dir also berichten.

Deine Tochter, die sich jetzt guter Gesundheit erfreut, wird bis ins Alter von allen Leiden verschont bleiben. Ich sehe sie auch weißhaarig noch aufrecht und froh.

Sie wird heiraten und Kinder haben. Wie viele, erkenne ich nicht deutlich.

Der Mann, dem Du sie geben wirst, ist ein Hellene, aber er kommt aus einem anderen Land und wird Kléis mit sich nehmen. Von nun an wirst Du sie nur noch selten sehen. Dieser Mann ist aus edlem Geschlecht und steht in seinem Lande in großem Ansehen.

Später wird er ein Kriegsheld werden. Er wird in einer großen Seeschlacht siegen und viel Ehre empfangen.

Herrin, verstehst Du nun, welche Zweifel mich befallen? Muß eine solche Weissagung nicht den Neid und Zorn der Götter erregen? Deshalb habe ich, bevor ich Dir schrieb, zu Zeus gefleht, er möge, wenn alle Götter im Olymp beim Mahle versammelt sind, sie ermahnen, nicht zornig über mich zu sein; denn wenn ich mich geirrt habe, so gibt es keinen Grund, zornig und neidisch zu sein. Habe ich mich aber nicht geirrt und ist der jungen Kléis wirklich dieses Schicksal bestimmt, so ist es ja der Ratschluß der Götter selbst.

O Herrin, schelte mich nicht, da Du wohl durchschaust, welche List in meinem Gebet steckte. Du weißt, wir Dienerinnen der Tempel haben große Begabung darin.

Ich grüße Dich ehrerbietig und danke Dir auch für das Geschenk.«

»Alkaios in Pyrrha
an Sappho in Mytilene.

Lange habe ich keine Nachricht mehr gegeben. Ich bin noch nicht zum Hades geholt worden, denn das hättest Du am Schwerterklirren beim Zweikampf mit dem Todesboten bis nach Mytilene gehört. Ich war auch nicht auf dem Parnaß. Ich war in Lydien, habe mein Gut kontrolliert, das mir Dein Liebling, der dreckige Pittakos, nicht nehmen konnte, habe die Fleißigen gelobt und die Faulen mit einem Tritt belohnt und bin mit recht gutem Geld zurückgekommen. Dann habe ich mir ein Haus gebaut, Iranna getröstet und bin fort von ihr gegangen.

Mein Haus ist schön geworden und ist so groß, daß Du mit allen Deinen jungen Kälbern zu mir ziehen kannst. Deren Kammern liegen dann weitab, denn Deine Kälber interessieren mich nicht. Wann kommst Du? Ich war auch in Sardes und bin bei einem kleinen Fest Alyattes, dem König, begegnet, der etwa so alt ist wie ich. Er ist unanständig reich, und sein Sohn Kroisos wird alles verlieren, denn Alyattes möchte, daß der Jüngling das ganze Land vom Meer im Norden bis zum Meer im Süden erobert.

Ich habe lange mit Alyattes sprechen können und ihm geraten, lieber auf Persien zu achten. Er täte gut daran, sich mit seinen Nachbarn zu verbünden, statt sie zu schlagen. Die Perser, die ich am Hofe sah, sind hochfahrend und interessieren sich nicht für das Gold des Alyattes, sondern nur für seine Krieger und ihre Waffen, für die Befestigungen und die Straßen. Alyattes hörte mir zu und schenkte mir zum Dank einen Ring von seinem Finger. Er bekam ihn mit Mühe herunter. Zum Schluß umarmte er mich und nannte mich Kassandros.

Es tut mir leid, daß ich nicht König von Lydien bin. Was meinst Du? Sagen sollte ich Dir von ihm, daß er viele Lieder von Dir auswendig weiß, auch eines, ein kleines, das ich noch gar nicht kannte:

Selene ist gegangen,
die Pleiaden sind ihr gefolgt.
Es ist Mitternacht vorbei,
die Stunden fließen.
Ich bin einsam und wache.

Welche Muse ist in Dich gefahren, Sappho? So etwas hat man ja noch nie gehört! Bald werden es alle liebeskranken Mägde und Sklavinnen singen. Es ist so leicht wie eine Feder und so einfach wie das Lied der Amsel am Abend. Du bist seltsam, Sappho! Manchmal glaube ich, daß Deine Seele krank ist. Du bist unglücklich, scheint mir. Und weil die Zunge nur sagen kann, was das Herz erfahren hat, bist Du also auch einsam trotz der jungen Mädchen, die Dich umgeben. Leugne es ruhig, ich weiß, daß Dir die Liebe fehlt.

Man erzählt sich nicht nur auf Lesbos, sogar

in Sardes, daß sie Dir nicht fehle, aber daß es nicht die Liebe sei, die Aphrodite meint. Du könntest antworten, daß auch die Paiderastia Aphrodite nicht gemeint hat, als sie den launischen Bengel Eros auf die Erde schickte. Die Begierde des Mannes zum Knaben ist im Heerlager geboren, aus dem entbehrungsreichen Leben im Kriege. Das siehst Du doch deutlich an den Spartanern, die die Hälfte ihres Lebens im Kampf zubringen. Ihre Jünglingsliebe ist wie die Werkstatt des Hephaistos, der die Schwerter schmiedet. Dazu muß er sie erst glühend machen.

Verzeihe, daß ich jetzt von dem spreche, was man sich über Sappho erzählt. Wenn eine Frau den Mann entbehren muß, weil er im Kriege ist oder alt und siech, so ist es wohl ehrenhafter, sich einem Mädchen zuzuwenden als zu einem fremden Mann zu gehen. Aber wenn kein Mangel an Männern herrscht für eine Frau, die frei ist, so ist das nicht dasselbe.

Alle Mütter rühmen Dich, weil Du die jungen Mädchen nicht nur zum Edlen, zum Schönen, zu Weisheit und Anmut erziehst, sondern auch in vernünftigen Dingen des Alltags. Auch bereitest Du sie auf den Mann vor, denn die meisten der Mädchen heiraten ja, wenn sie von Dir weggehen. Ach Sappho, halt ein, halt ein! So genau brauchst Du sie nicht zu unterweisen!

Welches Unglück, wenn Deine Mädchen später Deine Spiele nie mehr vergessen können und sie den Spielen der Männer vorziehen! Was tut Ihr Zauberinnen? Stehlt bloß nicht den Männern die Frauen weg! Ihr Diebe!

Lebe wohl.«

»Sappho in Mytilene
an Alkaios in Pyrrha.

Alkaios, Du bist ein Kindskopf.«

»Eukineia im Hause der Sappho
in Mytilene
an ihre Mutter Lika in Syrakus.

Die Götter meinen es gut mit mir, liebe Mutter, ich möchte den ganzen Tag tanzen. Aber Sappho ist, solange die Sonne scheint, sehr streng mit mir, strenger sogar als mit den anderen. Weil sie mich liebt, meinst Du nicht auch?

Die Abendstunden jedoch können im Olymp nicht schöner sein. Ob Zeus Sappho wohl später zur Göttin erheben wird? Atthis, der ich diesen Gedanken erzählt habe, lachte und sagte: ›Wir werden es merken, wenn Zeus sie eines Nachts besucht.‹ Ich habe sie angesehen wie Gorgo, und sie erschrak wirklich. Nein, o Zeus, das tue nicht! Hera wird mir helfen.

Aber wir lernen auch, wenn wir im Schein der Lampen im Koimeterion beisammen sitzen. Sappho mag das Wort nicht, und ich bessere es schnell in Domation. Gestern hörten wir, daß Sakadas bei den Musikwettkämpfen in Delphi zum dritten Male Sieger im Flötenspiel geworden ist. Sappho war ganz aufgeregt und wünschte sich, Sakadas doch ein einziges Mal hören zu können.

Dann erzählte sie uns von Terpandros, von dem wir bisher nur wußten, daß er in Sparta ein berühmter Sänger war. Er stammte aus Lesbos, und Sappho sagt, daß er noch viel verehrungswürdiger als Alkman sei, denn er habe die Gesetze der Musik entdeckt und das Auf und Ab der Töne aufschreiben können.

›Wie die Schrift für Worte?‹ habe ich gefragt.

Aber Sappho sagte: ›Das werdet ihr schwer verstehen.‹

Ich fragte, ob Männer klüger seien und es verstünden.

Glene, die aus dem wilden Thessalien stammt, wollte sich fast totlachen. Wenn ihr Vater etwas schreiben müsse, sagte sie, schwitze er auf der Nase. Er verstehe nur, die Fohlen aus dem Leib der Stuten zu holen. Sie habe einmal dabeigestanden, es sei schrecklich anzusehen. Ihr Vater habe hinterher gelacht und gesagt, so sei auch sie herausgekommen.

Was Glene erzählte, hat dann den ganzen Abend verändert. Sappho hatte von den Nomoi, den Tonregeln des Terpandros, sprechen wollen, wurde aber eine Weile ganz still. Wir warteten. Du weißt ja, wie ich immer krank vor Sorge werde, wenn Sappho plötzlich so ernst und traurig aussieht. Meine Finger haben aus meinem Tüchlein einen Strick gedreht. Sappho, die mich sonst deshalb getadelt hätte, sah es gar nicht.

Dann begann sie, uns von der Ehe zu erzählen. Sie erklärte uns die Umarmung der ersten Nacht und der hundert späteren Nächte. Sie sagte, daß mit der Ehe der Mann wie ein neuer Halbgott in unser Leben trete, der von allem etwas in sich vereine, von Ares, von Zeus, von Hephaistos, von Apoll und Hermes und einem Satyr, das Gute genauso wie das Verwundende. Es kämen oft schwere Stunden, einsam wachzuliegen, wenn er vielleicht zum Knaben gehe oder zu lärmenden Symposien. Dies sei erst der wirkliche Abschied von der Jugend.

Plötzlich sprach Sappho nicht mehr, sondern sang mit leiser Stimme, wie man Kindern vor dem Einschlafen etwas vorsingt:

Mädchenzeit, Mädchenzeit,
wohin bist du entschwunden!

So kurz, so kurz,
und nie mehr
kehrst du zurück.

Solche Klage habe ich noch nie gehört, wenn ich an andere Sänger denke. Wie findet sie nur so einfache und doch so schöne Worte?

Sie blickte uns an und sagte: ›Das versteht ihr noch nicht, und es ist gut so.‹

Sie sprach dann noch von der Geburt des Kindes, in dem die Mutter unsterblich wie die Olympischen werde, die Mutter, nicht der Mann. Sie erhob sich und rief laut, als sollten es unsere künftigen Männer hören: ›Wir! Wir sind die Unsterblichen!‹

Dann schickte sie uns schlafen. Aber ich konnte lange nicht einschlafen, ich war zu aufgeregt.

Lebe wohl, liebste Mutter.«

»Atthis im Hause Sapphos in Mytilene
an Arignota, Gemahlin des Gyaltes,
in Sardes.

Mögen die Götter Dich immer beschützt haben, meine Arignota. Seit Du im Frühling dem prächtigen Gyaltes nach Sardes gefolgt bist, gibt es hier niemanden mehr, der mich ›kleines Mädchen‹ nennt. Schelte mich nicht, wenn ich sage, ich hatte gehofft, Du würdest Dich nie verheiraten. Du warst ja schon einundzwanzig Jahre alt, und manche Mutter hier in Mytilene sagte: ›Arignota bekommt keinen Mann.‹ Weißt Du noch, wie schön Sappho in dem Hochzeitsgedicht den bösen Zungen geantwortet hat? Ich schreibe es Dir noch einmal, denn es ist so klug und listig, daß ich immer lachen muß, wenn ich daran denke.

Wie schön der Apfel,
so rot und reif
ganz oben am Baum
im höchsten Geäst!
Hat ihn keiner geholt?
Von den Pflückern vergessen?

O nein, o nein! Nicht vergessen!
Nicht erreichen konnten sie ihn,
den höchsten.

Nun hat ihn doch ein Mann geholt, und das schmerzt mich. Seit Du mich verlassen hast, bin ich inmitten der anderen Mädchen einsam. Ich werde Dich nie vergessen können. Immer sehe ich Dich vor mir, wenn wir uns salbten. Von allen Musen ist mir Erato, die Muse der Liebesdichtung, die liebste, und seit du Mytilene verlassen hast, Mnemosyne, die uns die Erinnerung gibt. Wenn meine Hände mit dem sanften, duftenden Öl an Deinem Leib hinunterglitten, glaubte ich immer, einen hochgewachsenen Jüngling zu streicheln, so schlank wie ein spartanischer Knabe warst Du.

Sappho tröstet mich damit, daß auch auf mich, die ich noch jünger bin, ein Apfelpflücker wartet. Soll er nur warten, der Herunterreißer und Apfeldieb! Immer tröstet sie mich mit solchen Prophezeiungen. Meinst Du, daß sie vielleicht selbst noch an einen Apfelpflücker denkt? In ihrem Alter, Arignota! Dabei hat sie doch mich neben sich!

Manchmal, in der Abendstunde, wenn ich ihr allein gegenübersitze, ist sie voller Zärtlichkeit. Sie sagt mir, daß ich schöner sei als Du – und das höre ich gern, obwohl es nicht wahr ist –, und sagt auch, daß Du, Arignota, an mich dächtest. Sie hat mir zur Lyra ein Lied gesungen, das mir gleich im Gedächtnis blieb:

Dauernd denkt sie an dich,
Atthis, an unsere Zeit hier.
Hast du vergessen, daß Arignota
dich schön wie eine Göttin fand?
Wie verzaubert sie war, wenn du sangst?
Jetzt ist sie in Lydien ein Stern,
der alle anderen hell überstrahlt,
wenn die Nacht mit Selene kommt.
Das Leuchten über dem dunklen Meer
ist ihr Licht, ebenso wie am Tage
über Wiesen und Blumen. Dann glitzert
der Tau auf den Rosen, wie Honigtropfen
auf den Blüten.
Auf und ab wandert Arignota,
sehnsuchtsvoll denkt sie
an die zärtliche Atthis.
Komm, ruft sie, komm!

Du hörst es nur nicht, Atthis,
denn das brandende Meer,
das uns trennt, verschlingt ihren Ruf.

Was sagst Du dazu, Arignota? Es ist göttlich, aber leichter wird mir das Herz dadurch nicht. Was für ein Mensch ist Sappho? Will sie mich heilen und die Flamme löschen? Oder will sie die Flamme vergrößern, wie es die Mägde in der Küche tun, wenn sie in den Herd blasen? O wehe mir!

Schreibe mir, wie es Dir geht, Arignota, was Du tust, wie Dein Mann Dich hält. Schreibe es genau. Es liest es niemand außer mir. Versiegele die Rolle. Schreibe auch, wie Sardes aussieht. Es ist gewiß viel prächtiger als Mytilene. Hast Du den König schon gesehen? Wie ist Dein Haus? Hast Du viele Mägde und Sklavinnen? Hast Du einen Garten? Welche Blumen blühen darin? Brich nie eine kleine Knospe ab, denn die bin ich.

Jetzt geht das Öl in der Lampe zu Ende, und ich bin müde. Morgen muß ich frisch sein, wir tanzen zu einem Hochzeitsfest, obwohl es nicht die Zeit des Vollmondes ist. Aber das

Brautpaar, das sehr viel Geld hat, stammt aus Lemnos, wo man andere Sitten hat und die scharfe Sichel nicht fürchtet.

Dich grüßt Deine Atthis.«

»Arignota in Sardes
an Atthis im Hause der Sappho
in Mytilene.

Welch unselige Furie hat Dich, Atthis, befallen, daß Du mir so einen Brief schreibst? Ich danke den Göttern, daß mein Mann ihn nicht sah. Das Gedicht von Sappho ist schön, und es trifft die Wahrheit für die ersten Stunden, jedoch schon lange nicht mehr. Ich bin glücklich. Wenn Hymenaios, der öffnende Gott, in der Hochzeitsnacht zu uns kommt, dann verschwindet die Vergangenheit wie ein Schiff in der Ferne und wird immer kleiner. Ich vergesse Dich nicht, aber schreibe mir nie mehr.

Aphrodite beschütze Dich.«

»Gyaltes in Sardes
an Sappho in Mytilene.

Höre, ehrenvolle Sappho, und wundere Dich nicht, wenn Gyaltes Dir schreibt. Es ist Arignotas Wunsch, doch auch meiner.

Ich habe mir eine Rose aus Deinem Garten geholt, die schönste Rose, von der man träumen kann, und die klügste Frau, um die mich sogar Alyattes beneidet.

Wenn sie mit mir spricht, höre ich Dich sprechen, und ich bin Dir dankbar, daß Du ihr so viel Schönes gezeigt und sie so viel Weises gelehrt hast. Ich glaube, daß ich Deiner Klugheit auch danken muß, wenn Arignota nachts mein Lager teilt.

Ich tausche dann nicht mit der goldenen Aphrodite selbst.

Wir Lyder ehren die Musen wohl höher als die Athener oder die Spartaner, die so stolz darauf sind. Wenn Du jemals nach Sardes kommen willst, schreibe es mir. Ich werde Dich schon am Schiff empfangen und in mein Haus geleiten, wie es sich geziemt.

Ich schicke Dir eine sardische Haube mit.

Schenke sie Kléis. Du siehst, in den Abendstunden sprechen wir viel von Mytilene.

Ich grüße Dich. Arignota grüßt Dich.«

»Sappho aus Mytilene
an Lika in Syrakus.

Es ist wieder einmal Winter geworden, meine Lika, die Blumen sind lange verblüht, die Apfelbäume stehen kahl, und die Ölbäume haben im Wind ihre Blätter gewendet und schimmern nun silbern und hell. Die Zeichen des Winters sind es aber nicht, die mich traurig stimmen. Mich betrübt etwas, was sich hier in meinem Hause ereignet hat.

Du weißt durch Eukineia, daß im Frühling Arignota nach Sardes geheiratet hat. Der Mann, der sie nahm, verdient sie. Er ist ein Lyder, wie wir sie bewundern. Er schrieb mir, um mir zu sagen, daß er glücklich ist. Für Kléis sandte er ein Geschenk. Das alles hat mir Freude gemacht.

Als Arignota heiratete, wußte ich nicht, daß das Schicksal damit unserer kleinen Atthis die Gespielin vom Herzen gerissen hat. Ganz und gar aber ahnte ich nicht, daß die eine die andere vergöttert und daß sie lange Zeit beieinander gelegen hatten. Arignota ist groß, schlank wie eine Zypresse und voller Lendenkraft wie ein Jüngling. Atthis war vor ihr offen wie ein Kindermund vor einem Sagenerzähler. Ach, ich ahnte es nicht. Ich weiß, daß junge Mädchen sich küssen, so wie kleine Jungen sich schlagen und es nicht ernst meinen. Bei den Knaben will sich die Kraft zeigen und bei den Mädchen die Zärtlichkeit. Das ist natürlich.

Als Atthis nach Arignotas Abreise traurig war, habe ich ihr eines Abends ein Lied von der Sehnsucht der beiden gesungen, ahnungslos tat ich es und sehr unvorsichtig. Ich wollte ihr eine schöne Erinnerung bewahren und wußte nicht, daß Atthis mehr als nur eine Freundschaft vermißte.

Als mir schien, sie habe Arignota vergessen, da hatte sie aber alles andere nicht vergessen. Und sie wandte sich – Lika, erschrick nicht so, wie ich erschrocken war – mir zu. Zuerst glaubte ich mich zu irren. Dann wurde Atthis immer flehentlicher. Ich kann Dir nicht beschreiben, wie sie sich benahm, wenn wir allein waren.

Ich war in großer Sorge. Ich mußte tun, was mir sehr leid tat, ich mußte sie wegschicken. Bisher hatte ich nichts zu verbergen gehabt, und so sollte es bleiben. Sie mußte weg, denn es war keine Schwärmerei, es war der nackte Eros. Sie mußte weg.

Ich schrieb an ihre Mutter und bat sie, die Tochter nach Andros zurückzuholen. Ich schrieb vorsichtig, ich riet, Atthis bald zu verheiraten.

Ihre Mutter verstand meinen Brief nicht, oder es war ihr nicht wichtig. Sie wollte, daß Atthis noch weiter in einer Gemeinschaft lebe. Sie beschloß, sie zu Andromeda zu geben.

Nun muß ich Dir erklären, wer Andromeda ist. Sie hat seit einiger Zeit hier in Mytilene auch einen Kreis junger Mädchen zur Erziehung um sich versammelt, ähnlich wie ich. Andromeda ist aus sehr guter Familie, aber sie ist aus Marmor gehauen. Ich höre, daß sie die göttlichen Musen wie Blumen betrachtet, die in fremden Gärten, aber nicht in ihrem blühen. Sie züchtet keine Blumen, sie wohnt draußen vor der Stadt und züchtet Pferde.

Ach, ich bin müde, darüber zu schreiben.

Eines Tages kam ein Verwandter von Atthis und holte sie ab. Lebe wohl, kleine Atthis. Du hattest, wie ich sah, nicht einmal eine Träne im Auge. So schnell tröstet sich die Jugend?

Meine liebe Lika, meine Einzige. Ich möchte Dir in diesem winterlichen, trüben Brief noch etwas anderes sehr Wichtiges sagen. Deine Tochter hat Dir auch sehr glühende Briefe über mich geschrieben. Einige hat sie mir gezeigt. Jetzt, Lika, blicke mir in die Augen und glaube mir: Ich habe Eukineia oder ein anderes meiner Mädchen niemals berührt. Niemals. Ich habe nicht einmal ein Mädchen je geküßt. Das sollst Du wissen.

Du, Lika, warst, als wir beide noch jung waren und ich bei Dir in Syrakus lebte, die einzige, die erste und letzte, die ich umarmt habe. Oft und mit großer Freude. Ich hatte den Mann verloren und Du Deinen. Wir waren jung, und unsere Körper blühten wieder auf.

Soll ich leugnen, daß ich einmal, ein einziges

Mal, diese Liebe kennengelernt habe? Ich bin bereit, es aller Welt zu sagen.

Aber heute sind es nur noch Erinnerungen. Ich freue mich an der Jugend und der Schönheit meiner Mädchen wie an jeder Schönheit der Natur. O ja, ich sehe sehr gut das Einzelne an ihnen, so wie ich an einer Rose das schöne Blatt, den schönen Kelch, die schöne Samennarbe sehe. Ich bin oft von Liebe ergriffen, aber ich sehe alles ohne Begierde, mit Heiterkeit. Ich befreie die Rosen von Unkraut, ich netze sie, wenn sie dürsten, für andere, Lika, für später, für den, der einmal kommt und sie holen wird.

Hast Du mir in die Augen geschaut? Sie sind rein und gut, nicht wahr?

Je älter ich werde, desto mehr ergreift mich Schönheit. Vor einem schönen Menschen kann es mich so ergreifen, daß es mich schüttelt. Wärme schenken ist mein Schicksal. Das teile ich mit der Sonne. Heilige Chariten, ihr Töchter des Zeus, kommt und verlaßt mich niemals.

Lebe wohl, meine Lika.«

»Alkaios in Pyrrha
an Sappho in Mytilene.

Ich muß den Frieden Deines Hauses stören, indem ich Dir etwas mitteile, was Du gewiß noch nicht weißt, obwohl Du näher der Quelle bist als ich. Zwei Tage lang bin ich wie der rasende Aias auf und ab gerannt. Ich kann erst jetzt Homer und den Zorn seines Helden über den Hohn ganz verstehen. Wenn Du doch hier wärst, damit ich meinen glühenden Kopf in Deinen Schoß legen und kühlen könnte!

Ich schrieb vor längerer Zeit an den göttlichen Pittakos, dem ich wünschte, er müßte wieder, wie seine Vorfahren, mit dem Obolos unter der Zunge Ziegenkäse verkaufen. Ich teilte ihm mit, was er natürlich längst wußte, daß ich mir ein Haus gebaut habe, das einzige, was ich nun noch besitze, da ich das Gut in Lydien verkaufen mußte. Das ist natürlich gelogen!

Glaube mir, hier schon habe ich den Griffel vor Wut fast zerkaut. Aber ich bezähmte mich, wie Du mir immer geraten hast. Ich wollte ja etwas von Eurem Pittakos. Ich bat ihn, er möge mir doch wenigstens meine Ölberge von Messe wiedergeben, die ich vom Dach meines Hauses immer vor Augen habe. Ich erinnerte ihn daran, daß ich nun ein Mann sei, dessen Bart schon grau ist. Und ich bat ihn, mich nach Mytilene zurückkehren zu lassen, ehe meine alten Freunde tot seien. Ich sähe nur selten den einen oder anderen. Habe er nicht gesagt, Vergebung sei besser als Vergeltung? Das schrieb ich. Mein Vater möge ihm Myriaden von Flöhen auf den Hals schicken.

Ich wartete viele Tage. Endlich kam sein Bote. Ich schreibe Dir seinen Brief ab:

›An den edlen Alkaios in seinem neuen Hause in Pyrrha, von dem man die Ölberge von Messe sieht.

Du sollst sie nicht mehr betrübt sehen. Ich habe angeordnet, daß sie Dir zurückgegeben werden.

Du bittest mich, Dich nach Mytilene heimkehren zu lassen. Warum, Alkaios? Du hast ein schönes neues Haus in Pyrrha. Dort lebst Du ruhiger als hier. Dort landen nicht die vielen Schiffe von Lydien, Chios und Samos, deren Schiffer von Sonnenaufgang bis Sonnenuntergang ohne Unterbrechung laut schreien. Dort bellen nicht Heere von Hunden und singen weintrunkene junge Adlige nach dem Symposion in tiefer Nacht. Dort kannst Du ruhig leben und dichten, was ich sehr wünsche.

Alkaios, ich sage Dir jetzt etwas, was Dich freuen wird. Warte nur noch ein Jahr. Habe Geduld. Im nächsten Jahr bin ich zehn Jahre Aisymnetèr. Ich habe die Absicht, mein Amt dann niederzulegen und mich nicht mehr wählen zu lassen. Das wird Dich an Solon erinnern. Das kann es. Es wäre sehr ehrenvoll für mich, wenn auch spätere Zeiten mich zusammen mit Solon nennen würden.

Ich höre immer wieder, daß Du unbelehrbar bist. Wärest Du es nicht, so müßtest Du zugeben, daß es gut steht um Lesbos. Die zehn Friedensjahre haben den Göttern gefallen. Und dem Volke auch. Frage es.

Wenn ich gegangen sein werde, soll der Adelsrat wieder die Regierung übernehmen. Es sitzen andere Männer als die, die Deine Verschwörer waren, im Rat. Sie haben gelernt. Dann also darfst Du gewiß zurückkehren. Aber, Alkaios, laß das Schwert an der Wand in

Pyrrha hängen und von den Frauen putzen und bewundern. Du aber dichte und singe.

Ich habe angeordnet, daß eine Silbermünze geschlagen wird, die auf einer Seite eine Lyra und Deinen Namen trägt. Es ist mir eine Verpflichtung.

Ich höre, wie Du mit den Zähnen knirschst.

Knirsche.

Lebe wohl.‹

Das sind seine Worte, Sappho. Begreifst Du diesen Mann?

Es hat mich genug aufgeregt, daß er freiwillig alle Macht niederlegen will. Es hat mich aufgeregt, aber das ist es nicht, was mich so zornig macht. Sappho! Verstehe! Er läßt eine Münze mit meinem Namen schlagen! Er will wie ein Seeräuber, wie ein Pirat mein Schiff entern! Er will es besteigen und mitsegeln! Hörst Du? Wie ein Pirat will er den Namen Alkaios entern!

Komm zu mir, Sappho, meine Vertraute. Ich will nur mit Dir sprechen. Oder schreibe mir.

Lebe wohl!«

»Sappho aus Mytilene
an Alkaios in Pyrrha.

Verbrenne Dich nicht. Pittakos hat recht.«

»Sappho aus Mytilene
an Alkaios in Pyrrha.

Mich reut, daß ich Dir so kurz und lieblos geschrieben habe. Als der Brief fort war, dachte ich: Was für ein kalter Windstoß wird in Dein Haus kommen! Ich schreibe Dir also gleich noch einmal.

Sei nicht erzürnt, wenn ich Dir sage, es ist gut für mich, daß Du nicht hundert Schritte von mir entfernt in Mytilene wohnst. Du würdest mir jeden Tag mit dem Aulos die Ohren vollblasen. Darunter müßte ich leiden.

Dein Herz war einst aufgewühlt wie vom Dreizack des Poseidon das Meer. Du hörst es immer noch rauschen. Alkaios, Du bist wie ein Mann, der nach stürmischer Schiffsfahrt den Strand hinter sich gelassen hat und nun weit im ruhigen Land auf einem Stein ausruht und immer noch in seinem Ohr das Brausen des Meeres hat. Diesem Mann würde man raten, die Augen zu schließen und laut zu singen.

Alkaios, o vergiß doch, was früher war. Wenn Ares oder Zeus selber Dir sagten, daß es den Göttern gefällt, wie es gekommen ist – prüfe Dich, Alkaios, ob Du nicht trotzdem dem Gott ins Antlitz Dein frevlerisches Nein sagen würdest, sofern Du vor dem Blitzeschleuderer nicht Furcht spürtest. Das ist nicht mehr Kühnheit, das ist Hybris.

Verstehe mich nicht falsch. Wärst Du irgendein Mann, irgendeiner, dann würde es mir gleichgültig sein. Aber Du bist ein von den Musen Auserwählter. Welch ein Wehklagen würde im Olymp sein, wenn Deine Stimme verstummte. Wenn Pittakos gegangen sein wird, hast Du kein Ziel mehr. In Dir wird eine große Leere sein. Wirst du überhaupt noch singen können?

Wie schön waren Deine Liebeslieder, wie schön Deine weinseligen Lieder, auch noch die Kampflieder, die Du im Kreise Deiner Freunde sangst.

Dann aber kamen die Haßgesänge, in denen Du über den Tod eines Gegners jubeltest.

Her mit dem Wein, trinkt, trinkt!
Myrsilos ist in den Hades gehinkt!

Ach, Alkaios! Werden das unsere Enkel noch singen? Vergessen wird es sein. Vergessen ist ein schlimmes Wort für einen Sänger.

Pittakos hat recht. Warte noch etwas.

Du, Alkaios, würdest Du nach zehn Jahren freiwillig aus der Macht gehen? Frage Dich selbst!

Singe wieder, Alkaios, singe von der Freundschaft, von der Jugend, von den Wolken, von den Blumen, von den Freuden des Weins und der Liebe. Wenn es Dir gut tut, singe meinethalben von der Liebe zu Sappho. Nur verlange sie nicht.

Ich grüße Dich. Schicke mir die erste Münze.«

»Der Schreiber im Hafen von Naukratis
für Doricha im Hause des Charaxos
an die Herrin Sappho in Mytilene.

Doricha sagt: ›Ich bin Doricha, die Dein Bruder für sich gekauft hat. Du wirst es nicht vergessen haben, obwohl es schon mehr als zehn Jahre her ist. Charaxos, Dein Bruder, ist gestorben, dies muß ich Dir sagen, denn er hat hier niemanden mehr. Er war ein guter Mann. Er hat mich nie geschlagen und nur selten böse Worte gesagt. In den letzten Jahren hat er oft Sehnsucht nach Dir gehabt, aber wir sind sehr arm geblieben. Er konnte die Reise nicht bezahlen und hätte auch nicht auf dem Schiff rudern können, er war seit langem schwach und dünn. Ich wollte, daß er mich verkaufte, um Geld zu bekommen, aber er wollte das nicht und war zornig. Ich bin jetzt fast vierzig Jahre alt, und er hätte auch nicht viel für mich bekommen. Das Leben ist traurig, edle Sappho. Du wirst es nicht wissen. Wie alt bist Du jetzt? Charaxos hat mir nie sein Alter gesagt. Er wird wohl über fünfzig Jahre alt gewesen sein. Er hat mir erzählt, daß Du jünger bist.

Die Götter mögen Dich schützen, wie sie ihn immer auf dem Meer beschützt haben. Erlaube, daß ich das Einzige, was er besessen hat, eine Hütte am Hafen, behalte.

Dies schreibt der Schreiber im Hafen für mich. Lebe wohl.‹ «

»Sappho aus Mytilene
an Doricha im Hafen von Naukratis
in Ägypten.

Bewahre Charaxos ein dankbares Andenken. Ich sende Dir nicht viele Worte, Doricha. Es ist besser, ich sende Dir etwas Geld. Mehr kann ich Dir nicht geben. Ich habe auch nicht viel und muß an die Zukunft denken.

Die Götter mögen Dich beschützen.«

»Psathe im Hause der Sappho in Mytilene an Psathe, ihre Mutter, in Thasos.

Ich denke viel an Dich, meine gute Mutter, und an den strengen Vater. Dies ist mein erster Bericht, und Du sollst wissen, daß ich glücklich bin. Dein Bruder, den ich so lieb habe wie Dich, weil er so gut ist wie Du, hat Dir nach seiner Heimkehr nach Thasos sicherlich viel über Mytilene und von Sappho erzählt und auch, daß ich glücklich bin. Es sind jetzt drei Monate vergangen, und ich bin es immer noch. Es ist so leicht, bei Sappho glücklich zu sein.

Hier in Lesbos leben die Frauen anders als bei uns, will ich Dir sagen. Sie gehen auf den Straßen spazieren und besuchen Freundinnen und sprechen mit Männern ohne Scheu. Von den Männern werden sie als Spenderinnen von Frohsinn und Sonnenschein angesehen. Bei uns ist alles so ernst und streng wie der Vater. Sappho kennt Thasos nicht, sie weiß nur, daß es berühmt ist, weil wir viel Gold in den Bergen haben. Sie glaubt, daß Gold alle Menschen heiter und fröhlich macht, wenn sie es bloß sehen. Sie denkt das wirklich! Sie liebt Gold und Rosen über alles. Nein, nicht über alles, aber sehr. Mehr noch liebt sie wohl uns Mädchen.

Ich bin Dir und dem edlen Vater dankbar, daß Ihr mich, obwohl ich noch nicht einmal ganz fünfzehn Jahre alt bin, zur Erziehung zu Sappho geschickt habt. Hier merke ich erst, wie berühmt und geehrt sie ist. Nun muß ich Dir noch vieles erzählen und erklären. Wir sind vier Mädchen, ich bin die Jüngste. Im Vergleich zu den anderen dreien bin ich körperlich noch sehr kindlich, wie alle bei uns im Norden. Das ärgert mich, obwohl ich glaube, daß Sappho mich gerade deshalb ins Herz geschlossen hat. Sie hat mir einmal gesagt: ›Es ist wahr, daß Rosen erst duften, wenn sie sich aufgeschlossen haben, aber ihr Anblick ist am lieblichsten als Knospe.‹ Eines der Mädchen nennt mich jetzt immer Knospe, und ein anderes, das sehr hübsch ist, tut so, als prüfe es jeden Morgen, ob ich schon dufte. Du siehst, wie fröhlich wir sind. Sappho hat solche Reden nicht gern, doch lächelt sie.

Die Priesterinnen des Hera-Tempels haben mir erzählt, daß Sappho früher oft gelacht hat und sehr fröhlich war. Jetzt ist sie an manchen

Tagen traurig. Gestern, als ich allein mit ihr war, hatte ich den Mut, sie zu fragen, warum sie jetzt weniger heiter sei als früher. Sie sagte: ›Ich habe zu viele geliebte Menschen verloren.‹

Ist das nicht wie ein Orakel der Pythia? Denn es ist ja in ihrer Familie nur ein älterer Bruder gestorben, und das ist schon drei Jahre her. Verstehst Du das?

Ich werde es Dir erklären, denn ich weiß es jetzt. Aber der Vater würde nur lachen oder gar böse sein. Also, das ist so: Zuerst mußt Du Dich daran erinnern, daß wir im Norden noch viel mehr den Menschen aus der Zeit des Homer ähneln, wo die Helden immer nur aus Hohn lachten und nur aus Zorn weinten. Das hat Sappho mir erklärt, und ich finde solche Gedanken von ihr so schön, daß ich dann immer ganz verliebt in Sappho bin. Später erst, sagt Sappho, haben die Menschen gelernt, aus Freude zu lachen und aus Trauer und Rührung zu weinen. Mein lieber Vater hat es immer noch nicht gelernt und ist, wie beinahe alle Männer von Thasos, ein bißchen homerisch. Du bist mir doch nicht böse, liebe Mutter, wenn ich das schreibe?

Nun mußt Du bedenken, daß Sappho noch wieder anders ist als alle anderen Frauen in der Welt. Sie ist eine Charis; da bin ich ganz sicher, daß sie eine Tochter der Götter ist. Das gibt es doch!

Jetzt muß ich nachdenken, wie das weitergeht. Sappho liebt einen Menschen so wie eine Mutter ihr Kind. Du siehst, das ist auch nach Art der Chariten. Wenn der Mensch gut ist, ist er auch schön, sagt sie, und dann liebt sie ihn so sehr, daß eine Trennung für sie so schmerzlich ist, als sei er gestorben. Sie hat mir erzählt, daß sie alle ihre Mädchen liebte, manche so stark, daß sie sich wünschte, sie würden sich, wie Daphne, in Lorbeerbäume in ihrem Garten verwandeln. Du siehst, daß sie gar nicht auf die Erde gehört, sondern in den Olymp.

Sie hat alle, die sie liebte, gehen lassen müssen und verloren. Das meinte sie. Nun wirst Du es verstehen. Aber erzähle nicht zu viel meinem strengen Vater.

Die Hera-Priesterinnen haben mir von Atthis erzählt, die sehr wild gewesen sein soll und Sappho verriet. Ich weiß aber nicht, wie. Auch ein anderes Mädchen, das sie sehr liebte, ist schon lange nach Hause zurückgekehrt und verheiratet. Sie hieß Eukineia und war die Tochter von Sapphos Freundin Lika in Syrakus. Auch ihre eigene Tochter Kléis lebt verheiratet in Chios. Sappho sagt: ›Lauter Entschwundene.‹ Sie hat einmal gedichtet:

Abendstern,
du bringst alles wieder zusammen,
was sich am strahlenden Tag verstreute,
bringst das Schaf heim,
bringst die Ziege heim.
Nur die Tochter, wenn es Abend wird,
bringst du nicht mehr zur Mutter.

Ach, liebe Mutter, hast Du schon jemals so Schönes gehört?

Zu Sappho habe ich gesagt, es sei doch nicht Abend, sondern strahlender Tag.

›Für dich, Psathe‹, hat sie geantwortet, ›doch für mich beginnt die Dämmerung. Sieh mein Haar, es wird unter der Haube schon grau.‹

Als ob das wichtig wäre! Götter altern nicht, und die Chariten sind ja auch göttlich. Nenne mich nicht ein schwärmerisches Kind, Mutter, wenn ich Dir sage: Sappho ist eine Tochter der Aphrodite, das ist mir vollkommen klar.

Ich konnte einige Tage nicht weiterschreiben, weil ich viel zu tun hatte. Ich muß fleißig sein, die anderen Mädchen sind schon länger hier und können viel mehr. Wir lernen alles, was eine Frau, die einmal die Herrin eines Hauses sein wird, wissen muß. Damit Du weißt, was ich gerade lerne, sage ich es Dir schnell. Ich muß die Wechselgesänge für eine Hochzeit auswendig lernen. Sappho hat zugesagt, daß wir dort singen und tanzen. Sie sagt, sie mache es gern und es bringe Geld und sei auch lustig. Das stimmt.

Hoch die Tür des Schlafgemachs,
Hymenaios!
Hebt den Türrahmen,
ihr Bauleute, höher, höher!
Hymenaios!
Denn ganz wie Gott Ares
naht jetzt der Bräutigam,
viel größer
als irgendein anderer großer Mann.

Das singt der Chor. Nun mußt Du wissen, daß der Bräutigam einen Kopf kleiner ist als die Braut. Er trägt heimlich Kothurnstiefel unter dem langen Himation.

Dann muß ich mit Wolle arbeiten und soll auch wissen, wie man webt, auch wenn wir genug Mägde haben. Wir haben auch wunderschöne Blumenkränze gebunden. Du weißt, wie wichtig das bei allen Festen ist. Sappho sagt, man muß die Götter und vor allem Aphrodite und die Chariten ehren, indem man sich für sie mit Blumen schmückt. Sie sagt: ›Auch wenn ihr keine Priesterinnen und keine Tänzerinnen werden wollt, müßt ihr es können.‹ Darin nun bin ich sehr geschickt. Ich benutze zum Flechten immer die Stengel des Anis. Sie eignen sich so gut. Ich verrate es aber den anderen nicht.

Ach, liebe Mutter, jetzt muß ich doch erzählen, was ich lieber nicht erzählt hätte. Aber Du mußt es wohl wissen und mußt mir schreiben, ob es sehr schlimm ist und ob Sappho mir verzeihen wird. Es geschah schon gestern abend, als ich mit Sappho allein war. Auf ihrem Tischchen lag ein Gedicht, und ich durfte es lesen. Es ist ein Hymnos an Aphrodite. Zuerst fand ich es wunderschön. Ja, es ist auch ein wunderbarer Hymnos, eigentlich eine Bitte an die Göttin. Da spricht sie so vertraut wie bei Homer Achilleus mit seiner Mutter Thetis.

Unsterbliche Aphrodite,
die du auf bunten Blumen thronst,
du Tochter des Zeus,
die du stets einen Ausweg ersinnst,
ich flehe dich an, Herrin,
dulde nicht, daß mein Herz
in Gram und Qual
zerbricht.

Komm,
komm, wie du früher auch kamst,
wenn du aus weiter Ferne
mich rufen hörtest
und deines Vaters goldenes Haus
verließest,
den Wagen schirrtest
und die aufgeregten Spatzen anspanntest,
die dich schwirrend über die schwarze
Erde

aus den Höhen zum Ziele zogen.
Du fragtest mich immer lächelnd,
so, wie Unsterbliche lächeln,
was mich quälte,
worum ich rief,
was ich unbelehrbar Glühende
wieder mir wünschte.
Du fragtest: ›Wer ist es,
den ich deiner Liebe
zuführen soll,
wer, Sappho, bereitet Kummer dir, wer?
Zeigt sie die Schulter dir, verschmäht [dich?
Warte, Sappho, bald wird sie dir
sehnsüchtig folgen.
Keine Gabe, kein Zeichen nimmt sie von dir?
Bald wird sie dir alles darbringen wollen.
Sie will dich nicht lieben?
Sie wird es. Auch ohne zu wollen.‹
Komm zu mir, Göttin, erlöse mich,
erfülle die Sehnsucht in mir,
erfülle sie, stehe mir bei.

Ich habe es Dir, Mutter, gleich ins Attische übertragen, sicherlich sehr schlecht. Aber hast

Du jemals ein so göttliches Lied gehört? Ist es nicht, als ob Archilochos und Homer tausend Jahre zurücklägen?

Aber dann, ach, liebe Mutter, geschah etwas Schlimmes.

Als ich das Gedicht noch einmal las, stockte mir der Atem. ›Sappho‹, rief ich, ›ich merke erst jetzt, daß du Aphrodite gar nicht um einen Mann gebeten hast, sondern um ein Mädchen! Ich bin ganz aufgeregt. Sage mir, Sappho, ist es wahr, daß du dir wünschest, eine von uns zu lieben? Sag, sag!‹ Ich bedeckte mein Gesicht mit den Händen, damit sie nicht sehen sollte, wie meine Lippen zitterten.

Kannst Du mir verzeihen, Mutter? Es ist doch nicht so schrecklich.

Schrecklich aber war, was mit Sappho geschah. Zuerst war sie ganz still, und dann schrie sie laut, wie ich sie noch nie gehört hatte. ›Hast du, Psathe‹, schrie sie mich an, ›immer noch nicht begriffen, daß meine Liebe zu euch Mädchen etwas ganz anderes ist als zu einem Mann? Sie ist genau so stark, genau so verwundbar, genau so grausam enttäuschend bei jedem Abschied, aber Psathe, Psathe, verstehe doch, sie ist kein körperliches Verlangen, kein Begehren. Ist es denn mein Schicksal, daß mich alle Menschen mißverstehen? Kennt denn kein Sterblicher außer mir diese Liebe? Wenn ich die Einzige bin und mich niemand begreift, dann ist es ein Danaergeschenk meiner Göttin. Aphrodite aber hat mein Lied nicht falsch verstanden, sie ist allwissend wie Mnemosyne und wie ihr Vater Zeus. Sie weiß, daß ich nicht um die nächtliche Umarmung eines Mädchens bettelte, sondern um sein Herz, seine Sinne, erfüllt von mir, verbrannt von mir, so wie ich mich immer wieder von meinen Geliebten verbrennen lassen wollte. Wenn ich nicht mehr brenne, werde ich nicht mehr leben. Ach, ihr versteht mich nicht! Psathe, Psathe, sprich nie mehr davon. Wenn es schon mein Schicksal sein soll, daß die Menschen später so über meine Liebe sprechen, dann wenigstens nicht vor meinen Ohren... Und nun geh, Psathe! Ich bin sehr zornig, aber ängstige dich nicht. Schlafe ruhig.‹

Ich ging in meine Kammer. Später schlich ich mich leise noch einmal an die Tür ihres Schlafgemachs. Da hörte ich sie weinen.

Nun kann ich nicht weiterschreiben. Ich bin sehr müde.

Lebe wohl.«

»Alkaios aus Pyrrha
an Sappho in Mytilene.

Dein ärgerlicher Brief hat mir Freude gemacht. Ich sehe, daß Dein Herz doch Feuer speien kann wie der Aitna und nicht nur eine süß duftende Rose ist. Du gleichst immer mehr einem sterblichen Menschen, was man bei Deinen letzten unvergänglichen Liedern fast nicht glauben konnte.

Wenn ich Dich geärgert habe, so will ich Dich heute versöhnen, indem ich Dir das Neueste erzähle, was man hier flüstert.

Es gibt einen jungen Schifferknecht, der mit seinem Kahn immer zwischen Lesbos und der lydischen Küste hin und her segelt und alles mitnimmt, was zahlen kann. Er heißt Phaon. Er ist arm, aber von göttlicher Anmut.

Eines Tages nahte sich seinem Kahn eine sehr alte Frau und begehrte, mitfahren zu dürfen. Sie hatte nicht einen einzigen Obolos, den sie ihm hätte geben können. Aus Mitleid fuhr Phaon sie ohne Bezahlung herüber.

Als sie auf Lesbos landeten, verwandelte sich die Alte in die strahlende Aphrodite und fragte ihn, ob sie ihm einen Wunsch erfüllen könne. ›Was erflehst du von mir, Phaon? Ist es Reichtum? Ist es ein langes Leben?‹ Phaon antwortete, er erflehe Sapphos Leidenschaft, denn er liebe sie. Aphrodite erfüllte ihm diesen Wunsch, denn sie kann unentrinnbar befehlen, wie Du von Helena und Paris weißt. Edle Sappho, ich frage Dich, ist es geschehen? Bist Du nun doch in Liebe entbrannt zu einem Mann? Zu dem schönen Jüngling Phaon?

Ach, ich Unglückseliger! Warum bin ich aus edlem Hause und kein Ruderknecht! Warum segle ich nicht vor Deinen Augen zwischen Lesbos und Lydien hin und her, mit einer alten Frau auf der Ruderbank, statt mit einer alten Magd in meiner Küche, wo sich niemand verwandelt.

Vor mir steht noch ein ganzer Krug voll Samoswein. Ich will ihn auf Dein Wohlergehen trinken und dann schlafen gehen.

Lebe wohl und erzürne Dich nicht zu sehr über mich.«

»Sappho aus Mytilene
an Alkaios in Pyrrha.

Bist Du betrunken gewesen, als Du es wagtest, mir diesen Brief zu schreiben? Ich bin nicht nur erzürnt, wie Du meinst, sondern zitternd vor Zorn.

Niemand hat Dir etwas geflüstert, Alkaios! Dir selbst ersonnen hast Du es! Das beruhigt mich etwas, denn dann kennt kein anderer diese Lüge.

Aber Lügen leben länger als die Wahrheit. Ihr Götter, ihr wißt es, helft mir!

O Alkaios, ich glaubte, Du seist mein Freund? Was tust Du!

Ich höre den Namen Phaon zum ersten Male. Ich kenne keinen Ruderknecht, keinen häßlichen und keinen schönen. Ich bin niemals mit einem Kahn von Lesbos nach Lydien gesegelt.

Aus dem Hafen kommt manchmal ein Schiffer und bringt meiner Küche frische Fische. Das erzählen mir die Mägde. Aber er heißt nicht Phaon, ist sehr alt und schielt. Er hat mich noch nie zu sehen bekommen und ich ihn auch nicht.

Ist das Dein Phaon, Du trunkener Silen?

Möge Aphrodite Deinen schlechten Scherz in den Sumpf des Vergessens versenken!

Schreibe nie mehr solch einen Brief. Ich muß dann zornig sein, und ich will es doch nicht.«

»Pittakos in Kyme
an die edle Sappho in Mytilene.

Bevor ich dies schrieb, stand ich am Ufer des Meeres und blickte hinüber nach Lesbos, dessen Berge ich in der Ferne sehen konnte. Ich dachte, daß Sappho dort lebt, mit der ich nun gleich sprechen werde. Ich weiß, daß es ihr gut geht, sie aber weiß von mir wenig, seit ich Lesbos freiwillig verlassen habe. Ich lebe hier in Kyme. Mir mangelt nichts außer dem Mut, noch lange zu leben. Ich war ein Krieger, und Krieger werden schneller alt als andere Menschen. Und ich war Regent, und Regenten sind im Alter zu weise, um noch sehen zu wollen, was die Götter über Mytilene beschlossen haben.

Es tut mir leid, daß ich Dich wegen Deiner Brüder und Deines Mannes verbannen mußte. Vieles tut mir leid, obwohl das eines Kriegers unwürdig ist. Aber Du bist aus der Verbannung leuchtend wie Aphrodite, die Schaumgeborene, aufgetaucht.

Ich habe Dich einmal eine Muse genannt. Du bist es. Vielleicht bist Du Euterpe selbst, die sich uns zeigt? Dann habe ich einer Halbgöttin die Hand gereicht und ihr den Arm um die Schulter gelegt. Welch ein Gedanke! Sappho, Euterpe, ich habe wohl nicht mehr länger als diesen Sommer zu leben. Ich fühle es. Ich bitte Dich, mir ein Lied zu dichten und zu schicken, das Du nur für mich allein erdacht hast. Ein paar kurze Zeilen.

Zum Dank übersende ich Dir mit dem Boten

einen Ring. Es ist der Ring meiner Mutter und deren Mütter aus der Zeit, als die Penthiliden noch Könige von Lesbos waren. Weise den Ring nicht zurück.

Lebe wohl.«

»Sappho aus Mytilene
an Pittakos in Kyme.

Es sind nur wenige Zeilen, die ich Dir schicke. Du hast es gewünscht. Aber nicht nur deshalb. Ich habe auch an mich gedacht, denn auch auf meinen Lippen möchte ich dieses kurze Gedicht haben, wenn die letzte Stunde kommt und man kein gutes Gedächtnis mehr hat.

Dein Ring steckt an meiner rechten Hand. Ich danke Dir für das großmütige Geschenk.

Lebe wohl, Pittakos, Aisymnetèr.

Dies ist Sapphos Gedicht:

Wo ist die große Welle geblieben?
Sie trug auf ihrem Haupt das schäumende

Weiß greiser Könige.
Mächtig und unvergänglich schien sie.
Wo ist sie geblieben?
›Ich habe sie zu mir geholt‹, sagt Poseidon.
Und was ist sie jetzt,
nun wir sie nicht mehr sehen?
Sie ist das Meer, sagt der Gott.
Der Eisvogel umkreischt sie nicht mehr.«

»Larichos in Mytilene
an Kléis im Hause des Polos in Chios.

Der Adelsrat schickt mich im nächsten Monat nach Chios in öffentlichen Angelegenheiten. So wird es möglich, Dich wiederzusehen. Ich hoffe, daß auch Dein Gemahl zu Hause sein wird. Ich will ihn fragen, ob er erlaubt, daß Du und Dein Töchterchen mich nach Mytilene begleiten. Das ist Sapphos Bitte. Es ist auch mein Wunsch.

Lebe wohl bis zum Wiedersehen.«

»Kléis im Hause Sapphos in Mytilene an den edlen Polos in Chios.

Ich schrieb Dir schon, mein Gemahl, daß die Reise leicht war. Unsere Tochter ist gesund und bestaunt alles. Das Wiedersehen mit meiner Mutter hat uns große Freude bereitet nach so vielen Jahren.

Nachdem wir nun schon eine Weile hier sind, muß ich Dir als erstes sagen, daß Sappho nicht mehr die Gleiche ist, wie wir sie in Erinnerung haben.

Ich meine nicht ihr grau gewordenes Haar; sie könnte es unter der Haube verbergen, aber gerade jetzt tut sie es nicht. Ich meine auch nicht ihr Antlitz. Es ist noch nicht alt, ihre Lippen sind rot, ihre Zähne so weiß wie meine. Ich liebe ihr Gesicht, auch wenn es schon Furchen trägt, und ihre Gestalt, ihre Hände, die immer noch zart sind, und ihren Mund, den ich in diesen Tagen viel geküßt habe.

Aber sie ist stiller und müder geworden. Sie schmückt sich nicht mehr. ›Ach, Mutter‹, sagte ich und sprach ihre eigenen Worte:

Die Blumengeschmückten
haben die Chariten gern.
Von den anderen wenden sie sich...

Sie lächelte und antwortete: ›Es wird Winter, Kléis.‹

Das macht mich traurig.

Zu mir ist sie liebevoller als jemals. Ich darf sie auch nackend sehen, was ich niemals durfte. Ihr Körper ist immer noch wie vor Jahren. Ach, wenn doch auch ihr Herz noch jung wäre.

Alle ihre Liebe richtet sie auf mich, unser Kind hat sie lieb, aber ich muß Dir sagen, ich glaube, nicht stärker als irgendein anderes.

Larichos holt unsere Kleine oft zu seinen beiden Knaben. Sie spielt mit ihnen, hat auch manchmal dort geschlafen und ist fröhlich. Dies schreibe ich, damit Du ruhig bist.

Nun aber muß ich Dir berichten, was mir Sorge macht. Wir hätten meiner Mutter nicht schreiben sollen, daß bei uns die Erde gebebt hat und in Delphinion viele Häuser zerrissen wurden. Sie erinnerte sich sogleich an die Erschütterung von Chios damals, als unsere

Tochter ein Jahr alt war. Alte Leute haben ihr erzählt, daß es immer wieder so kommen kann, denn Hephaistos habe unter Chios eine Werkstatt, in der er nicht wie in Lemnos die kunstvollen Geräte schmiedet, sondern die groben. Das wissen wir doch! Hephaistos ist manchmal wütend, vor allem, wenn der Olymp wieder über ihn gelacht hat.

Nun hat Sappho Angst um uns. Eines Tages, so sagt sie, kann Hephaistos ein so großes Feuer anzünden wie auf dem Berge bei Syrakus, ich habe den Namen vergessen. Ich glaube das nicht, aber meine Mutter glaubt es. Sie bittet uns, Chios zu verlassen, alles zu verkaufen oder einem Oikonomen zu übergeben und nach Lesbos zu kommen. Larichos, der unser Kind sehr liebt, wünscht es auch. Er hat im Adelsrat schon gefragt, ob wir willkommen wären. Sie antworteten, daß Kléis, die Tochter Sapphos, immer willkommen sein wird, so, als habe sie Mytilene nie verlassen! Auch Polos, der Sohn eines berühmten Feldherrn, wird mit vielen Ehren empfangen werden. Jeden Tag spricht nun Sappho mit mir darüber. Ich weiß nicht, was ich sagen soll; der Schreck ist mir in die Zunge gefahren. Ich habe sie umarmt, aber sie hat gewußt, daß das keine Antwort ist. In unserem Hause gebietest Du, Polos.

Greife nicht zum Griffel, sondern komme selbst, nachdem Du alles überlegt hast. Sprich mit meiner Mutter, sei noch ihr Gast, aber dann nimm uns wieder mit. Das sage ich, obwohl der Abschied schmerzlich sein wird. Ach, ich bin traurig.

Abendstern
bringt alles heim.
Nur die Tochter bringst du
nicht zur Mutter.

Sappho hat einmal so gesungen.
Komme bald.

Die Götter mögen Dich beschützen.«

»Alkaios aus Pyrrha
an Sappho in Mytilene.

Es ist Sommer geworden. Ich habe mein Amt im Adelsrat aufgegeben und bin wieder zurück nach Pyrrha gegangen. Ich brauche mich nun nicht mehr jeden Tag zu ärgern. Ich brauche auch nicht mehr meine schönen letzten Tage auf der Veste mit ihren immer kalten und feuchten Räumen zuzubringen. Ich möchte nur wissen, wie Pittakos das ausgehalten hat. Jetzt verstehe ich, warum er nach zehn Jahren von der Veste heruntergestiegen ist. Was meinst Du, Sappho, ob die Schatten des Hades ihn inzwischen auch zum Aisymnetèr gewählt haben?

Ich habe Schmerzen in den Beinen. Natürlich bin ich alt, aber schuld ist die Feuchtigkeit. Die Schmerzen sind innen drin, sie sitzen in den Knochen, das fühle ich genau. Freunde haben mir gesagt, daß die Ursache der Wein sein könnte. Unsinn! Mein Vater trank viel mehr und hatte niemals Schmerzen. Warum ich? Nein, es ist die Feuchtigkeit und die Kälte. Ich jammere wie ein Weib, wirst Du denken. Ich bin nur wütend über die Schmerzen. Wenn mir ein Pfeil im Schenkel sitzt, weiß ich, warum ich Schmerzen habe, und presse die Lippen zusammen. Ich bin vom Alter verwundet.

Aber hier in Pyrrha habe ich mein schönes Haus, in das die Sonne von allen Seiten hereinscheint. Ich kann meine Beine in die Sonne strecken. Ich schaue auf die Hügel mit den Ölbäumen, die mir wieder alle gehören, und lasse mir von einer jungen Magd eine Schale Wein bringen. Auch mein Mund wird nicht stumm bleiben. Wenn nicht Erato, so wird doch Euterpe mich küssen, und wenn nicht Euterpe, dann werde ich wenigstens wieder wütende Lieder singen gegen die Knochen, wie einst gegen Pittakos. Wenn es mir besser geht, möchte ich Dich wieder besuchen. Deine jungen Hühner gefallen mir immer gut.

Ich will Dir noch sagen, daß Dein Bruder im Rat sehr tüchtig ist. Wir machen mit Chios viel Gewinn.

Lebe wohl. Die Götter mögen Deine Beine beschützen.«

»Psathe im Hause der Sappho in Mytilene an Psathe, ihre Mutter, in Thasos.

Gestern war ein schöner Tag, liebe Mutter. Wir waren im Weinberg, und Sappho erklärte uns, wie der Weinstock geschnitten werden muß. Er muß so sehr geschnitten werden, daß es uns leid tat. Aber Sappho sagte: ›Wenn ihr zu viel Mitleid habt, trägt er im nächsten Jahr nicht, es ist wie mit den Kindern, die man auch nicht wild wachsen lassen darf. Das merkt euch, wenn ihr Kinder haben werdet. Und welches der süßeste Wein wird, sieht man nicht vorher.‹

Dann lächelte sie und sagte: ›Morgen kommt Alkaios zu uns, er könnte euch sagen, welcher Berg die süßesten Weine trägt, denn er ist ein Verehrer des Dionysos. Wenn er morgen kommt, vergeßt nicht, daß er ein großer Sänger ist, sehr geehrt und aus edlem Hause. Psathe‹, sagte sie, ›du bist die einzige, die noch keines seiner Lieder gelernt hat, deshalb sage ich dir noch einmal, daß er sehr geehrt ist.‹

Das hat Sappho so oft gesagt, liebe Mutter, daß ich schon ganz ängstlich war.

Heute nun ist Alkaios gekommen. Es war nicht nötig, daß wir Angst hatten.

Ich schreibe Dir, liebe Mutter, zuerst, wie er aussieht. Er ist schon sehr alt, bestimmt sechzig Jahre. Er trägt einen spitzen langen Bart, der weiß ist, und um die Stirn ein goldenes Band. Seine Kleidung ist herrlich. Er ist nicht sehr groß, gewiß kleiner als mein lieber Vater, und sieht genauso streng aus, ist es aber nicht, obwohl er viel Böses über alles redet, was ihm einfällt. Wenn Sappho dann sagt: ›Alkaios, sei nicht immer wütend, beruhige dich‹, dann lacht er und streichelt ihre Hand. Mein strenger Vater tut das nicht, und das ist schade, denn es ist schön.

Meine Freundin Hermione wollte ein Lied von ihm vortragen und nahm schon die Kithara zur Hand, aber Alkaios schüttelte den Kopf und sagte: ›Ihr müßt nicht meine Lieder singen, sondern die Sapphos. Ihr könnt alle anderen vergessen, mich, Terpandros, Alkman, Archilochos, alle, wenn ihr Sappho kennt. Kein anderer hat eine so wunderbare, dunkle Klage über den Tod geschrieben wie Sappho:

Ach, sieh die Hyazinthe,
von den Hirten am Wiesenhang
mit Füßen zertreten,
da liegt die purpurne Blüte,
ihr bißchen Leben.

Ihr Mädchen, ich sage euch, das hätte nicht einmal Homer singen können. Solche Worte hat selbst Apoll vor den Göttern im Olymp nicht gefunden, ich weiß es, weil die Götter das Sterben nicht kennen.‹

›Hör auf‹, rief Sappho Alkaios zu, ›du mißachtest den Gott, den strahlenden. Und du, Psathe, geh und schenke Alkaios noch eine Schale Wein ein. Nein, nicht die Schale hochheben‹, schalt sie mich, ›beuge dich hinunter mit dem Krug, Psathe, wie ich es euch gelehrt habe.‹

Ich berichte Dir das alles. Aber nicht gern. Ich bin rot geworden, das kannst Du Dir denken. Alkaios erhob sich mit der Schale in der Hand, trat zur Tür und spritzte etwas Wein auf das Gras. ›Für Pan‹, sagte er, ›zum Dank für die Syrinx.‹

Ich glaube, Sappho hätte gern noch mit ihm allein gesprochen, aber er vermied es und scherzte weiter mit uns Mädchen. Und dann fragte er, ob wir das Brettspiel kennten. Sappho holte es, und wir sollten zeigen, daß wir listig und nicht leicht zu besiegen seien. Alkaios rief Hermes zum Zeugen an, daß er immer gewinnen werde. Wir spielten lange, und Alkaios verlor jedes Spiel. Aber er wurde nicht böse, sondern lachte.

Das ist ein sehr schöner Tag gewesen, und als in der Dämmerung sein Sklave kam, um ihn abzuholen, haben wir sehr bedauert, daß er nicht länger blieb. Aber Sappho hat sicher recht, wenn sie sagt, so könnten manche Tage mit einem Mann sein, aber nicht das ganze Leben. Alkaios, sagte sie, sei früher sehr hart gewesen und hätte uns nicht gefallen.

Du hast gesagt, liebe Mutter, daß ich noch Zeit habe mit einer Heirat. Das ist gut. Meine beiden Freundinnen werden nach dem Frühlingsfest heimkehren und heiraten. Ich denke nicht gerne daran. Vielleicht bin ich dann lange Zeit allein mit meiner Sappho. Daran denke ich gerne.

Lebe wohl, meine gute Mutter.«

»Sappho in Mytilene
an Lika in Syrakus.

Du schreibst oft und ich so selten. Zürne mir nicht, meine geliebte Lika.

Du berichtest von einem Mädchen, das die Eltern gern zu mir schicken würden, und fragst, ob ich mich an die Mutter erinnere.

Ich weiß nicht, wen Du meinst. Die Mutter muß damals, als ich in Syrakus lebte, noch sehr jung gewesen sein. Und der Vater stammt aus Gelos? Waren wir einmal in Gelos? Ich weiß nur, daß wir mit Deinem Vater und Deinem Bruder zweimal am Fuß des Aitna waren, der gerade Feuer und Rauch ausstieß. Es ist alles so lange her.

Wenn Du sagst, daß die Familie edel und das Mädchen liebenswert ist, dann ist es gewiß so. Aber, liebe Lika, ich muß die Mutter enttäuschen. Ich habe mich entschlossen, niemanden mehr zu mir zu nehmen. Auch aus Thasos, wo die Mutter meiner kleinen Psathe lebt, und aus Sardes, wo meine Arignota verheiratet ist, kamen Schreiben mit der vergeblichen Bitte. Du bist also nicht die einzige, die ich enttäuschen muß, denke das nicht, meine liebe Lika. Nach dem Frühlingsfest, in einem Monat, verlassen mich meine beiden älteren Mädchen. Sie kehren heim, um zu heiraten. Bei mir bleibt dann nur noch Psathe, die Kleine. Sie ist jetzt auch nicht mehr klein, ich nenne sie so, weil sie noch sehr kindlich im Herzen ist. Ihr Vater denkt sicher auch bald daran, sie zu verheiraten, und dann bin ich allein.

Gut so, gut so, meine liebste Lika. Irgendwann muß es ja geschehen. Glaube nicht, daß es mich zu früh trifft. Ich habe es mir gut überlegt und bin bereit.

Wozu bereit? wirst Du fragen.

Ach, wäre ich doch bei Dir!

Vieles kann man sagen, aber nicht schreiben. Wem soll ich es sagen? Kléis ist in Chios, sie hat ihren Mann und ihr Kind. Aber auch wenn sie bei mir wäre, würde ich über vieles nicht mit ihr sprechen wollen. Ich sehe in ihr immer noch mein Kind. Larichos ist sehr im Rat beschäftigt und hat andere Gedanken. Auch er hat eine Frau und Kinder. Alkaios ist alt geworden und denkt nur noch an die Schmerzen in seinen Beinen. Er dichtet nicht mehr und kommt nur noch selten nach Mytilene, seit er wieder in Pyrrha in seinem Landhaus lebt. Im Alter schließt man keine neuen Freundschaften. Alte Freunde habe ich nur wenige gehabt, sie leben nicht mehr. Die, die ich liebte, sind in alle Winde zerstreut. Sind wir alt geworden, Lika? Ich wollte es bis vor einem Jahr oder zwei Jahren nicht glauben. Jetzt weiß ich es.

Wenn ich zu Psathe sage: ›Übe dich im Spiel der Lyra, sei fleißig‹, dann meine ich etwas anderes. Ich müßte sagen: ›Komm, Psathe, meine kleine Liebe, nimm die so hell klingende Lyra und singe mir von denen, die ich geliebt habe, die die duftenden Veilchen am Busen tragen. Ihnen fliege ich nach, nun mein Haar, das einst schwarz und glänzend war, grau geworden ist und die Knie, die mich im Tanze immer so leicht trugen, kraftlos werden. Meine Haut war dunkel und samten, jetzt ist sie vom Alter gezeichnet. Sieh sie nicht an, Psathe, sieh mich nicht an. Nimm die Lyra und spiele.‹

Ach, Lika! Alles, was ich nicht mehr bin, habe ich geliebt. Das ist es, dem ich nachtrauere. Ich fürchte nicht das Alter, weil es an den Tod heranführt, sondern weil es ein Räuber ist.

Bin ich ungerecht, weil ich unglücklich geworden bin, Lika? Alte Ölbäume aus der Zeit des Homer sehen doch schön aus, obwohl ihnen das Alter die Glätte ihrer Haut und die Schlankheit ihres Stammes gestohlen hat. Ich weiß es sehr wohl, meine liebste Lika, aber ich finde keinen Trost darin. Mein Schicksal, das die Götter mir bestimmten, war, die jungen Pfirsichbäume zu lieben, den rotzarten Apfel an seinem Ast zu bewundern, die Anemone zu streicheln. Meine Göttin war nicht die gewappnete Athene, Aphrodite war es, die Schaumgeborene.

Von allem, was zu lieben mir bestimmt war, gebe ich selbst kein Zeugnis mehr.

Bist Du, da Du mich liebst, traurig, Lika? Ich habe meine größte Traurigkeit schon überwunden. Die Götter haben mir schon ein Zeichen gegeben, das für alle Menschen leicht zu verstehen ist. Hermes trat zu mir, der Helfer und Freund. Ich sah, wie ernst er war, und sagte zu ihm: ›Gebieter, du bist mir willkommen. Bringst du mir schon Grüße von der Göttin dort unten? Wisse, Herr, hier habe ich keine Lebensfreude mehr. Ich glaube, ich habe Sehnsucht danach, die Ufer des Acheron mit seinem Meer von Lotosblüten zu sehen. Der Hades hat keine Schrecken für mich.‹

So, Lika, sprach ich furchtlos zu dem Gebieter der Schatten, der auch mich bald geleiten wird. Ich bin furchtlos, obwohl ich weiß, daß Sterben etwas Schlimmes ist. Denn wäre das Sterben etwas Schönes, so würden die Götter selbst sterben wollen. Was wird von mir, dem Menschen Sappho, hier auf der Erde bleiben? Ich wünschte so sehr: nichts. Verstehst Du mich? In dem Augenblick, wo ich zu den Schatten gehe, o möge doch nichts mehr von meinem Körper da sein.

Aber die Götter werden meinen Wunsch nicht erfüllen.

Jede Blume blüht auf tausend Toten.
Welche wird auf meinem Herzen blühen?
Bist du es, weißer Asphodelos?

Lebe wohl, meine Lika. Es gibt nichts mehr zu berichten.«

»Psathe im Hause Sapphos in Mytilene
an ihre Mutter Psathe in Thasos.

Nun ist das Frühlingsfest lange vorbei, liebe Mutter. Ich wollte sofort schreiben, aber ich habe erst jetzt Ruhe. Nun bin ich mit meiner Sappho allein, und das wird sehr schön werden.

Meine beiden Freundinnen haben uns verlassen, ihre Väter haben sie abgeholt. Aber das Vollmondfest haben sie noch mit uns gefeiert. Es war göttlich, und wir waren alle gewiß, daß Aphrodite selbst dem Tanze zusah, dem Lied Sapphos lauschte und mit ihr an der Tafel speiste. Es ist für Sappho sicher ein leichtes, die Göttin herabzubitten! Der Tempel war geschmückt wie noch nie. Das Volk füllte den ganzen Hain und saß zu Füßen der alten Ölbäume in den Wiesenblumen. Wir, auch die anderen Gruppen, tanzten leichtfüßig und schön, am feierlichsten aber war der Augenblick, als Sappho zum Altar schritt, sich auf der Stufe niederließ und zur Harfe griff. Alle, auch die Greise, erhoben sich, als sie Aphrodite anrief:

Himmlische,
steige herab vom Olymp!
Komm zu uns!
Der schöne Hain voll blühender Apfel-
bäume,
die dir doch so sehr gefallen,
wartet auf dich.
Von den Altären
steigen Wolken des Weihrauchs auf.
Scheue den weiten Weg nicht,
kühles Wasser umrauscht die Bäume,
und der Hang ist umschattet von Rosen.
Wie im Schlummer wiegt sich das Laub.
Die Wiese, war sie nur eine Weide der
Pferde?
Siehe, sie hat sich verwandelt und prangt
und glitzert von Edelsteinen im Mond-
licht,
und zwischen den Frühlingsblumen
schickt dir Anis, den du liebst,
seinen süßen Duft entgegen.
Komm, Schaumgeborene,
nimm unsere Kränze, Göttin,
und schmücke dein Haupt.
Und nun schenke uns aus goldener Schale

zum frohen Feste
göttlichen Trank ein.

Ich weiß nicht, ob ich das Lied so genau in Erinnerung behalten habe, aber auch wenn ich es nicht gut wiedergegeben habe, ist es doch sehr schön. Und nun denke Dir dazu die Mondnacht, die Menschen, die Tänze in den Weihrauchdüften, den Harfenklang und die Göttin selbst, die ganz sicher unter uns war. Ich sagte es später auch Sappho. Sie lächelte und antwortete: ›Psathe, außer Aphrodite war noch ein Gott da.‹ Aber sie wollte mir nicht verraten, wer.

Am nächsten Tage gaben die Väter meiner Freundinnen einen langen Festschmaus, und dann packten wir alles zusammen, was sie mitnahmen. Du glaubst nicht, wie viele Dinge es nach Jahren sind. Ob ich auch einmal so viele Körbe mitbringe? Ach, ich denke noch nicht daran. Ich freue mich, mit meiner Sappho jetzt allein zu sein.

Grüße meinen lieben strengen Vater von seiner gehorsamen Tochter.

Lebe wohl, liebe Mutter.«

»Lika in Syrakus
an Sappho in Mytilene.

Dein Brief ist da. Mir ist, als hieltest Du meine Hand und sprächst mit mir. Meine geliebte Sappho, ich bitte Dich, komm und bleibe hier für immer. Ich werde nun Tag und Nacht darauf hoffen.

Erinnerst Du Dich, was Du einmal so schön wie Polyhymnia geschrieben hast?

Das Alter ist nur noch ein Traum.
Fern ist die Kraft.
Auf Augen und Sinne
hat Müdigkeit sich gesenkt.
Komm, Traum, komm
mit leisen Schritten.

Ich werde Dich vor der grellen Sonne verbergen, Sappho.

Die Götter beschützen Dich!«

»Sappho in Mytilene
an die edle Psathe in Thasos.

Ich habe Dir in diesen Jahren einige Male berichtet und konnte Dir stets sagen, daß mir Deine Tochter viel Freude macht. Nun aber muß ich Dich vielleicht betrüben.

Psathe hat Dir berichtet, daß nach dem Fest der Aphrodite ihre beiden Freundinnen uns verlassen haben und nur noch sie bei mir geblieben ist. Nun ist es Herbst geworden und auch Zeit zum Abschied von ihr. Ich werde alt, und die Pflicht wird mir zu schwer. Es stimmt mich genau so traurig, wie Psathe es sein wird, wenn ich ihr diese Zeilen zu lesen gegeben haben werde.

Ich bitte Dich, mich zu verstehen. Es ist wohl auch gut so, wenn Psathe in ihre Familie zurückkehrt, wo sie nun dem Mann ihres Lebens begegnen kann.

Schreibe mir bald, wer sie abholen wird.

Ich grüße Dich.«

»Psathe in Thasos
an die hochedle Sappho in Mytilene.

Bei uns mischt sich Trauer mit Freude. Wir können nicht verbergen, daß wir uns nach unserem Kinde sehr gesehnt haben und uns nun freuen auf seine Heimkehr. Hat Psathe Dir Ehre gemacht? Nun, das ist schön. Du wirst Deine Liebe und Deine Seele nicht an eine Unwürdige verschwendet haben. Wir danken Dir, Hochherzige. Mein Bruder, der Psathe zu Dir geleitet hat, wird sie auch zurückbegleiten. Wir werden ein eigenes Schiff schicken.

Dir, Sappho, wird er Geschenke bringen, die Du annehmen wirst, denn sie sind Deiner nicht unwürdig. Ich weiß, daß Du Gold liebst, wie es sich für die Lieblinge der Götter gehört.

Lebe wohl. Gedenke Psathes. Sie wird Dir schreiben.«

»Larichos in Mytilene
an Kléis im Hause des edlen Polos
in Chios.

Ich schreibe Dir, weil ich annehme, daß Deine Mutter Sappho bei Dir ist. Sie hat ihr Haus verlassen, ohne mir etwas zu sagen. Das ist jetzt zwei Monate her.

›Mit ihr ist die junge lydische Magd gegangen‹, sagte mir die Beschließerin. Sie bringt mir immer Schreiben, die für Sappho ankommen. Auch ihr letzter Schützling Psathe hat schon zweimal geschrieben.

Das ist nicht recht von Deiner Mutter. Sage es ihr. Ich weiß nicht, ob ich zornig sein oder mir Sorgen machen soll. Ich habe nicht gern solche Gedanken.

Larichos grüßt Dich und Deinen Gemahl.«

»Kléis in Chios
an Larichos in Mytilene.

Deine Nachricht hat mich in Unruhe gestürzt. Meine liebe Mutter ist nicht bei mir. Sei nicht zornig, es ist richtiger, daß wir uns Sorgen machen. Ich denke nach, wer uns beruhigen könnte. Tue auch Du alles, was uns Gewißheit geben kann. Ich verstehe nichts mehr. Ich habe Angst, obwohl meine Mutter mir einmal gesagt hat: ›Sorge Dich niemals um mich, Kléis!‹

Die Götter mögen uns alle beschützen.«

»Lika in Syrakus
an den Regierenden Rat von Mytilene.

Weine, Hellas. Sappho ist tot.«

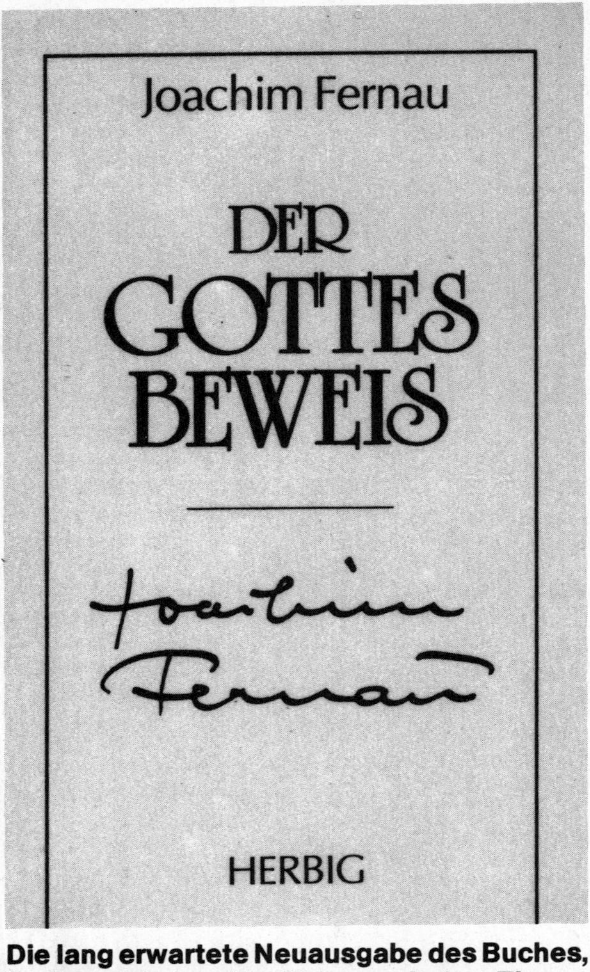

Die lang erwartete Neuausgabe des Buches, in dem sich Joachim Fernau mit dem Thema »Glauben heute« auseinandersetzt.

80 Seiten

HERBIG